剣閃奔る

なまけ侍 佐々木景久

鵜狩三善　Mitsuyoshi Ukari

アルファポリス文庫

https://www.alphapolis.co.jp/

目次

序章　花のあとさき　5
第一章　風雨兆して　22
第二章　まめとまめがら　61
第三章　鷲尾銀山荒稽古　124
第四章　幸福の輪郭　197
終章　禾乃登　284

序章　花のあとさき

夕暮れの赤に、気の早い夜がそろそろと混じり出している。

人々が一日の生業を終える頃合いだが、煮売り屋のようにこれからが商売時という店もまたある。そうした店先に灯る明かりからは、必ず魚の香がした。

御辻は海産に恵まれた藩である。魚油の産出も豊富であり、安価で市井に出回っている。ゆえに多くの店が照明の燃料としてこれを用いた。いささか生臭くはあるが、佐々木景久にとっては幼い時分より親しんだ御辻の香である。

嗅ぎ慣れぬ者には悪臭とも感じられる動物油の臭いを、ふたつの意味で彼は好んだ。

ひとつは、暗がりに標を灯す源としてだ。花明かりのように、か細くも行き先を照らす光明は、景久の志す在り方である。

何より彼は魚油へ、身勝手な共感を覚えていた。火を灯すのなら、世にはよりよいものがある。けれど不格好ながらも身を燃やし、当座の役を務め上げるその姿に、景久は己を重ねずにおれない。自分の風変わりな香りもまた、誰かの記憶として親しまれれば幸甚と思う。
もうひとつは、誰も彼もを等しく変える晦ましとして、だ。同じ夜の闇に同じ香りを纏って溶け込めば、自分も皆と同じ生き物であるように錯覚できる。そのときばかりは体を竦めず、呼吸を殺さず、楽にいられた。

無論、それはかつて必要とした感覚だ。このような欺瞞を今の景久は必要としない。

自他に隔絶の感を抱きはすれど、己ばかりが孤独に悩み、立ち向かうのではないことを、景久は過日の一件で学んでいる。祭りの風景を眺めた幼い日のように、遠い景色として世を見ることは最早ない。

今の景久は背を丸めず、少しばかり堂々と、人波を歩いてゆける。無器用ながらもゆっくりと自分の心を拡げていく感触は、こそばゆく嬉しいものだった。

とはいえ、それで景久が御辻独特の香気に愛着を失ったというわけではない。夜の暗きを押しのけてある営み、人間の活力そのものめいた光が灯るこの刻限の気配を、彼は変わらず好いている。

ただでさえ遅くなった城からの帰路を若干歪め、遠回りをしてこの通りを歩いたは、ふとそうした空気に触れたくなったがためでもあった。

行き交う者の世間話。店々の呼び込み。威勢のいい酔漢の語らい。隣を過ぎる諸々を聞くともなしに聞きながら、景久は城中での面倒を忘却し、安穏と心を落ち着けようとしていた。

「耳がついておらぬのか、貴様ッ！」

が、そんな目論見を吹き飛ばす怒声が起きたのは、煮売り酒屋からだった。

煮売り屋とはその名の通り、魚に根菜、こんにゃくや油揚げといった食材を煮しめたものを総菜として扱う商いをいう。

店舗を構えてと行商の二形態に大別されるが、前者はやがて店の内外に席を設け、その場で飲食を行えるよう体裁を整えていった。煮売り茶屋、煮売り酒屋の始まりである。

百年一日眠りこけるような御辻藩だが、水運の動脈たる潮路川を行き来する舟数は決して少なくない。

度重なる治水によって潮路は暴れ川としての顔をほとんど失くしたが、いまだ水流れの強く速い箇所もしぶとく残る。そうした上りの難所を曳船し、疲弊しきった水手たちに、煮売り屋のような飲食の場の需要は高かった。

昼は茶屋、夜は居酒屋としていたものが、顧客の多様な要望に応えるうち、やがてその垣根を喪失した。今では多くの店が、刻限にかかわらず一膳飯を売り、酒を出し、餅を焼き、湯茶を供している。

騒動の火元も、そうした一軒であった。

「払わぬとは言っておらぬだろう。思いがけず今、持ち合わせがなかっただけだ。後日届けるというのがなぜわからん！」

居丈高に唾を飛ばすのは赤ら顔の二本差しだ。酒精の影響は面のみならずに出て、ふらふらと足元は覚束ない。

城勤めとはいえ、無役の武士の勤務時間は短い。所謂四つ上がりの八つ下がり――朝四つ（午前十時頃）に登城し、昼八つ（午後二時）に下がるを地で行っている。有事に備えての人員を平時にもそのまま抱えるから、兎にも角にも人余りなのだ。

それを考慮すればこの男、昼から始めて今の今まで聞こし召していたものと思われる。深酒になるも当然と言えよう。

「しかしお侍様はご一見で……」

「信用ならぬというのか。俺はな、佐々木景久と昵懇なのだぞ」

店の主と思しき老爺への怒声に、景久は額を押さえた。煩いことは、どうやら徒党を組んで訪れるものらしい。

半年ほど前――ちょうど梅の花の頃、景久に多大な意識の変革をもたらす事件が起きた。後藤事変とでも称すべきそれは、景久の朋友たる池尾彦三郎と、彼を狙う後藤左馬之助を主軸として起きた騒動だった。

左馬之助は我が父を、彦三郎の父たる池尾新之丞に討たれた。その怨念を晴らすべく、藩を揺るがす企みを織り上げたのである。

様々の思惑が入り混じった曲折を経て、景久は左馬之助と対峙した。凶刃を打ち払い、友を救うべくの暗闘である。秋月外記より伝授された梅明かりの秘奥にて景久は左馬之助を破り、平穏を勝ち得た。

だがその平穏は残念ながら、これまで通りのものとはいかなかった。

彦三郎の父が率いた池尾閥は過程において屋台骨を大きく揺るがされた。後藤との政争以来一強の栄華を誇った池尾の権勢は弱り、その間隙に新たな派閥が芽吹いたのだ。

彦三郎は閥の長として、私利私欲が魑魅魍魎のごとく渦巻く政の海の舵取りに忙殺される羽目に陥っている。

その友たる景久も、これを他人事と眺めてはいられなかった。

左馬之助藩外退去の経緯は、当事者以外実際を知らぬ秘事である。景久も佐々木の家も、公には一件への関与を否定していた。

しかし景久と彦三郎の刎頸の交わりを知る者は多く、ゆえに左馬之助の藩外退去前後の不自然な動きから、彦三郎の命拾いに景久の関与があったは、見る目のある者には明白である。

憶測はやがて噂となって人の口に上り、時を経て確信に変じ定着する。

おかげで秋月道場の恥かきと呼ばれた景久は、今や秋月外記の秘蔵っ子、池尾閥の右腕として認知されるようになった。世とは悪さを働けば短所ばかりを見、善きをなせば長所ばかりを語るものらしい。

景久の名はおかしな具合に上がり、そうして見知らぬ知己がわっと増えた。

城勤めの折にも古馴染み顔で挨拶してくる手合いが多くなり、景久を無言のまま低く見ていた同輩も、『これまでは目が曇っておった。許せ、佐々木。そして今後は友誼を』と、すり寄ってくる始末である。

景久が師より学んだ梅明かりは、観察、洞察を要諦とする剣だ。世と正対するようになった彼の目は、お陰で指先爪先視線といった些細な動きから即席の友たちの心根を透かし見る。

いずれも幅を利かせたい輩ばかりだった。「我は佐々木の同輩なるぞ」というわけだ。そこにあるのは阿諛追従、媚び諂いばかりであり、対等の友情など決してない。

他にも池尾との繋がりを求め、景久の口利きを欲する者。秋月道場での栄達を目論み、外記への執り成しを願う者。己の欲のために景久を使嗾せんとする者。困った人間の数は実に多かった。

しかも、彼らは景久からの計らいを求めるのみならず、当人不在の場において特に喧しいらしいのだ。虎の威を借りたつもりで景久の名を語り、あるいは騙り、横柄を働くのだという。金銭などの実際の利ではなく、尊敬、憧憬の眼差しこそを欲してすることだと彦三郎は分析するが、己自身へ向かぬ賞賛など虚しいばかりではなかろうか。どうにも辟易の限りだった。

赤森嘉兵衛の件以来、人の顔をしっかと見るを自戒とした景久であるが、こうした人間の顔は誰しもが等しく思えて区別をつけたくなくなってしまう。

持ちかけられる話の中には色や金の示唆を含むものがあったが、景久はいずれも一切歯牙にかけなかった。正確に述べるなら、裏を読めずに気づかなかった。権謀術数と呼ぶにはあまりに初歩の腹芸であるが、景久は斯様な機微をいまだ解さない。

剣理を得、いくら観察に優れようとも、それを元に心理を察するは当人の知恵の働きである。人には向き不向きがあり、見識のない箇所への理解は決して及ばない。朴念仁の学習は、いっかな捗っていないのだ。『お前にそうした配慮を乞うくらいなら、俺は牛馬に木登りを仕込むよ』とは、景久のありようを評した彦三郎の言であり、なるほどその方がまだ見込みがあると、景久自身も深く頷くところだった。

さすがに半年もすると、景久のこうした性質は城中でも認知され、すり寄りは大分に下火となった。

が、皆無となったわけではない。本日の下城が遅れた理由もこの類型である。

昼下がり、景久に声をかけてきたやつばらは、井上盛隆（いのうえもりたか）の一党を称した。盛隆の名は、殿の岳父（がくふ）として、政治に疎（うと）い景久にも聞き覚えがあった。この頃、城中で頓（とみ）に勢力を伸ばす一派である。

その井上一党が持ちかけてきたのは、景久にとって悪臭ふんぷんたるものだった。端的に述べれば、鞍替（くらが）えの勧誘である。池尾の忠犬を奪い取り、井上の戦果として吹聴（ふいちょう）することで彦三郎を貶（おとし）めんという算段であった。

池尾閥への影響に加え、景久の父清兵衛（せいべえ）は、どこへも与（くみ）せぬ男として名高い。さらには長く勘定方を務め周囲よりの信頼厚く、発言に力がある。そうした人間の身内を取り込むことも成果のひとつと見做（みな）されるのだろう。

ゆえに井上の者たちは、己の閥へ与する利点を滾々（こんこん）と説いた。池尾の先のなさから始め、彦三郎の才覚の欠如を、彼が如何（いか）に景久を使い潰すかの未来図を具（つぶさ）に語った。

が、やはり景久にはぴんと来ない話である。

自分が彦三郎に手を貸すのは、利がゆえからではない。単純に彦三郎が好ましき友であるからである。

そして彼に頼りきりなのは自分の側こそだろう。むしろあいつは妙な遠慮が過ぎる。迂闊（うかつ）に知恵を回さず、もっと素直に頼ってほしいとも、友が心安く頼れる自分になりたいとも景久は思う。

当然ながら、自分たちふたりの間柄を踏み躙る持ちかけに、景久はいい顔をしなかった。眼前の男たちのみならず、彼らの上に立つ井上盛隆への反感すら抱いた。

こうした瞬間の心の動きは、誰にでも生じるものだ。いっそ致し方ないものと言えよう。だが生まれた感情を、そのまま顔に出したのはよくなかった。景久の顰め面を侮蔑と捉え、井上閥の者たちは激昂した。自らの拠って立つところを見下されて愉快な人間もそうはいない。

お互いの感情は順当にこじれた。もし彼らの相手が景久でなかったなら、乱暴狼藉まで事は進んだことだろう。だが後藤左馬之助を、単身で藩を脅かした人間を打ち払った景久の武名は、井上一派にも容易な手出しをさせなかった。

結果として繰り広げられたのは、泥沼のような舌戦である。いや、一方的に舌鋒に晒されるばかりであったから、あれは到底戦とは言えまい。

反駁がないのをいいことに、彼らは日常の些事までもを引き合いに出し、景久の非を鳴らしはじめた。思い当たる短所もあり、それについては薬にしようと思えたが、ほとんどは言いがかりに等しいものである。

しかも、子供じみたこの口論を仲裁する者がない。

現在、御辻で最も盛んなのが井上閥であり、衰えたりとはいえ、これに匹敵するのが池尾閥だ。迂闊に口を挟んで、両勢力の恨みを買いたい物好きはいないのだ。

延々と足止めされて辟易した景久は、ひらひらと無言で手を振って強引な離脱を図った。『逃げるか、根性なしが』『所詮噂は噂、正味は知れたな』と侮蔑の声を背に受けながら、中立を保ちつつそのことで評判を取る我が父の立ち回りの見事さ、困難さを、景久はつくづく思い知ったものである。

そうした出来事の後であるから、揉め事はもう食傷だった。だがそれでも、我が名がよからぬ用いられ方をしているのなら捨て置きもできまい。折に触れ彦三郎が愚痴を零す通り、世の中とは実に難儀だ。

ひとつ息を吐くと騒動の先へ足を向け、暖簾を潜る。ゆらりと静かに胴間声の主へ寄った。景久よりも頭ひとつ大きい男だった。筋骨も逞しく、腕っ節には相当の自負があると見える。それゆえ我が身の安全を信じ込み、竦む亭主を甚振るようにするのだろう。景久の好まぬ類の在り方だった。

「……なんだ、貴様」

近づく影を察知し、酔漢の目が景久を射る。権柄ずくの視線を春風のように受け流し、景久は問いを返した。

「貴殿こそ、誰かね」

惚けた物言いを嘲弄と聞いたのだろう。男の眉が不快に寄り、直後それは動きに転じた。無礼者を突き倒すべく腕が伸びる。だが鳩尾のやや上を狙った手のひらは霞のように景久の体をすり抜けた。

――すり抜けたと、酔漢は錯覚した。男の動きを読み切った景久が、わずかに上体を横に捻って透かしたというのが実際である。左馬之助との死闘を経、磨きがかかった観法の賜物だった。

たたらを踏むその奥襟を景久の手が掴む。そのまま、まるで猫の子にでもするように吊り上げた。

恐る恐る騒動を見守っていた他の客たちは、こぞって息を呑んだ。異様な光景だった。小兵が大兵を、腕一本で持ち上げたのだ。それも無造作に、力む様子ひとつすらなく。

「なっ、あ……!?」

驚愕を上げつつ酔漢は手足をばたつかせるが、景久は小動もしない。代わりにぐいと男に顔を寄せ、とっくりと眺めた。

「やはり、見覚えがない顔だ」

首を横に振ってから、続けた。

「申し遅れたが、オレは佐々木景久という。この名を呼ばわる声を聞いてな。知己が酔って醜態をさらすなら諫めねばと様子見に来たわけだが……さて、貴殿は誰だ？」

宙吊りの目を覗き込み、問いを繰り返す。のんびりとしたその声は、今度は恐怖として降り注いだようだった。ぐっと詰まり、男は無言になる。

景久は空いた手で困ったふうに額を掻くと、思い出したように酔漢を吊る手を離した。どさりと彼が尻餅をついて落ちたところで、周囲も事情を呑み込んだ。この大柄の酔漢は、ただの騙り者であると悟ったのだ。

耳をそばだてていたうちのひとりが失笑を漏らし、それは連鎖を生んだ。酔漢の顔が赤く染まる。酔いではなく、羞恥の色だった。

「くそッ！」

吐き捨てて跳ね起き、走る。体当たりの要領で景久へ打ち当たり、そのまま店外へ駆け去らんという動きだった。突進は此度も景久をすり抜けたが、逃走の魂胆は叶って彼は夕暮れの中へと走り出る。酔態ながらも見事な駆け足だった。

追えば捕えることもできたが、景久はその背を見送り、代わりに店主へ巾着を差し出した。

「今の御仁の落とし物だ」

告げたが、無論この言いは偽りだ。手にする巾着は直前のすれ違いざま、景久が掏りとったものである。指の力だけで巾着紐を、気取られることなく引きちぎってのけたのだ。呆れた力技であり、早業であった。

「持ち合わせがないと言っていたが、割合に重い。払いのぶんだけ抜いて、残りは番所へ届けてやってくれ」

慌てて受け取る老爺の両手で、巾着がちゃりんと重い音を立てる。

これで事は済んだと景久は息を吐き、それから周囲の視線に気づいた。好奇の目が、そここから注いでいる。

またこれだ、と渋面になった。

佐々木景久は名を知られるが、その顔形を知る者は少ない。似姿、絵姿が出回るではないから当然のことだ。だがゆえに、人々は勝手な景久を思い浮かべるものらしい。

それは大抵容貌魁偉な豪傑か、彦三郎のような優男である。そしていざ当人に出会うと、想像と違うと失望するのだ。困ったものである。

左馬之助の一件の直後も景久を覗きに現れ、がっかり顔、落胆顔をする者が少なからずあった。茫洋たる気配を纏う景久は、どうにも世の英雄像というものにそぐわぬらしい。それはオレの悪さではないと、理不尽を感じなくもない。

居心地悪くなって辞去しようとするところを、「佐々木様」と老爺に呼び止められた。

「なんと御礼を申せばよいかわかりませんが、せめてこれをお持ちくだされ。うちでお持ち帰りいただける品といえばこれくらいで、そのお口に合いますかどうか……」

恐縮しながら出してきた包みの中身は酒饅頭であるという。

酒種を練り入れた生地で餡を包んで蒸す饅頭の製法は、海運の船乗りたちによって日本各地に広められた。御辻も例に洩れずこの伝来を受けており、水手たちを客とする店では提供が少なからずあった。

恩を売るためにしたのではないからと押しとどめた景久であるが、幾度も手を合わせられ頭を下げられ、結局包みを受け取らされてしまった。手にすればずしりと重く、どう考えてもひとつふたつの内容ではない。

「またご贔屓に」と重ねて頭を下げる店主にかたじけないと会釈をし、また何かあれば秋月に訴えるよう申し添えて、景久は店を去った。

ぼた餅をこわごわ上戸ひとつ食い——などと歌われる通り、酒飲みが甘味を不得手とするのは通説だ。景久もこの例に漏れない。そして饅頭の包みはずしりと重かった。いくら酒の香がするとはいえ、景久ひとりで片付けうる分量ではない。

さてどうしたものか、と考えたところで、天啓のように閃いた。

——おりん殿の口に、合うだろうか。

りんとは、御辻でも名の通った金貸しである向野屋（こうのや）庄次郎（しょうじろう）のひとり娘だった。後藤左馬之助の波紋による再会があり、一件ののちも親しい付き合いが継続している。

生家の商売柄、りんは茶道具や書画に目が利き、漢籍の類も読みこなす才媛だった。これらは景久にほとんどない造詣（ぞうけい）であり、よって彼は折に触れて向野屋を訪れ、りんに教授を受けていた。


一眼二足三胆四力なる言葉がある。剣において重視される要素を順に並べたものだ。

まず相手を見る目、洞察力、観察力といったものが第一。次いで位置取り、足さばき。さらに度胸と決断力。最後にそれらを活かす五体の力。

景久の師である秋月外記も同じく、観法を最重要視している。

相手の心身を把握（はあく）し、先の先を取れば勝負は容易（たやす）い。そしてさらに先を制すれば、そもそも勝敗を必要とする争いすら起こりはしない。景久が伝授された梅明かりの要諦もまた、そのようなものである。

だが正確に相手を理解するためには該博（がいはく）な知識が必要だ。物を知らずば本質の見極めには至らない。見識のないものへは理解が及ばぬとは、景久の城勤めからも知れる通りである。

りんへの師事は、こうした視点に立脚するものだ。古今の知識に触れ、風情を解し、己を磨くための仕業なのだ——とは、まあ、景久の言い抜けだった。

結局のところ景久は、りんとともにある時間を好いているのだ。

　彼女の言葉が巧みで、指南が愉快なのもある。知らぬことを知る喜びもある。だがそれ以上に、りんの澄んで落ち着いた声の響きが、小気味よく自分の体を打つ感触を彼は愛していた。

　無論、あまりに押しかけてばかりで迷惑であろうと思ってはいる。

　それで先日、『これだけの時を割いていただいているのだ。おりん殿には某か、御礼をなさねばならんかな』などと、景久としては遠回しに束脩をほのめかしもした。

　だがそう呟いた途端、彼女の目がすっと細まった。何がりんの感情を損ねたかは不明だが、おそらく自分は、またも失言をしたのだ。

『すまぬ』

　そう思い慌てて付け加えると、彼女は不満げに息を漏らした。

『謝るのなら、私の理由がわかってからにして欲しいです』

『……うむ』

　不興は後を引かずに回復したが、それでも気分を害したことは確かである。重ねて詫びと日頃の感謝を示すのは悪い話ではないだろう。娘御の機嫌は甘味で取るのが一番という信仰は、彼の中にいまだ根深い。

　生憎今日は取り決めた受業の日取りではないが、ちょいと顔を出して、手土産を置いて、言葉を交わして、間を置かず帰る。それくらいならば、おそらくきっと、大した邪魔にならないはずだ。

それに向野屋には奉公人たちもいる。多勢の饅頭も手分けしてならば容易に討ち取れよう。

良い思案だと我褒めして、景久は足の行く先を変じる。

好物を前にした折の、あどけないりんの微笑が浮かんだ。過る淡い笑みの記憶に釣られ、我知らず景久も口元をほころばせる。

胸に、ぬくもりの火が灯る気がした。

第一章　風雨兆して

　降るかなと呟いて、佐々木景久は足を止め空を仰いだ。

　雲の色が、いつの間にか黒に変じつつある。雨を孕む色合いであり、通り雨の気配であった。

　だが逡巡も一瞬。景久はすぐに歩みを再開する。

　傘の用意はないが、日々暑さを増すこの頃だ。多少濡れたところで風邪も引くまい。それに、目的地はもう目と鼻の先だった。すっかり通い慣れた道の先に鎮座するのは、向野屋の店構えである。

　なんとなしに着物を払ってから、咳払いして背筋を伸ばす。いざとばかりに店先へ赴くと、声をかけるより早く奉公人が現れて、景久を奥へと招いた。向野屋の人間で景久の顔を知らぬ者はない。店の恩人という意味でも別の意味でも、関係性を心得ている。

　よって彼が案内された先は帳場の奥、向野屋一家の私室だった。

「佐々木様がお越しです」

そう声をかけて開けられた襖の奥で、端座していたのはりんである。静かな面が景久を振り仰ぎ、わずかに笑む。

「あら、今日も御用回りですか」

次いで彼が下げた包みに目をやり、やはり可笑しそうに彼女は言った。

御用回りとは、このところの景久の行動を指してのものだ。

過日、己の朋友を騙る酔漢を景久は懲らしめた。そののち貰い受けた饅頭を手土産に向野屋へ参上したところ、『お気をつけくださいね』とりんが懸念したのである。

不意の言いに首を傾げる景久へ、『考えすぎならいいのですけれど』と前置きして彼女は続けた。

『その方たち、いささか胡乱に思えます』

『胡乱、とは?』

『俊英と評判が立ったばかりなら、佐々木様の尻馬に乗りたがる方が多く出るのはわかります。けれど半年を経て、噂はもう盛りを過ぎていますでしょう。だというのに、今更佐々木様を誘ったり、騙ったりはいささか奇妙ではないでしょうか。少し不自然というか……作為めいたものを覚えます』

『いやいや、杞憂でしょう』

景久が暢気に手を振ると、りんは聞き分けのない子供を見る目をした。

おとがいに指ひとつを当て思案顔をする。どう言い聞かせるかを考えるようだった。

『よろしいですか。佐々木様は、池尾様やうちと繋がりの深い御方です。政治の力と金銭の力、どちらとも近いところにいらっしゃるのです。妬み嫉みのみならず、いつ悪い策略の標的になってもおかしくないのだと、それをご自覚ください』

特に佐々木様は隙が多くていらっしゃいますから、と言い足して、りんは手を伸ばすと景久のよれた襟元を正した。

『たとえば今日は奇遇にも、佐々木様ご本人が騙り騒動の場に居合わせました。そうして被害を阻むことができました。けれどその騙り者があちこちで同様の行動を続けたのなら、それは到底狙って防げるものではありません。そして被害が出た場合、難を受けた方が恨むのは一見の酔漢でなく、名が出た佐々木様の方です。そうやって名を落とすやり方もあるのですよ』

りんの言葉は実感を伴うものだった。

おそらく過去に向野屋か、あるいはりん本人がそのようなやり口を受けたことがあるのだろう。なるほどほんの一分でも理が立てば、人の舌は他所を饒舌に悪く言えるものだ。悪名が繁茂した後に事実を叫んだところで、刈り取りは追いつくまい。

『お城のことは私にはよくわかりませんし、街中で本当にそんなことが繰り返されているのかどうかも確かめたわけではありません。けれど佐々木様の見えていないところで何か起きた波紋なのかとも思うと、差し出口をせずにいられませんでした』

胸の前できゅっと片拳を握ってから、りんは頭を下げた。

『申し訳ありません。また、嫌な心地にさせてしまいましたね』

『とんでもない。オレを案じてくれてのことです。嬉しく思うばかりです。礼を申します』

憂い顔に慌てた景久が並べ立てると、ほっとしたようにりんが目元を緩めた。

そんなやり取りを経て、景久は非番の日には方々へ足を運ぶようになった。

同様の振る舞いを受けそうな店舗を訪い、『オレの知己と吹聴して傲慢をする者がいる。ほとほと困り果てており、一度灸を据えてやりたい。そうした人間が現れたら、秋月へ人を走らせてくれ』と、そう言い含めて歩いたのである。

もちろんひとりで手が回り切る仕業ではないから、道場の町人弟子たちへも協力を乞うた。彼らの馴染みの店に、同様の話を通してもらっている。頼むばかりではどうもすまない心地がしたので、可能な場合は紹介者と連れ立って、顔を売りがてらそこで飲み食いもした。

払いは景久持ちであり、手元不如意にもなりかけたのだが、事情を聞いて大笑した外記が小遣いをぽんと寄越したので、どうにか遣り繰りが成り立っている。

また、先日の煮売り酒屋へは特に重ねて足を運んでいた。

自身が直接関わっただけに、おかしな報復がないか確かめに赴いているのだが、そのたびに土産として酒饅頭を渡されて、まるで甘味をせびりに行っているようなありさまになってしまっている。今日、下げる包みもやはりそれだった。りんが可笑しげにするのも当然であろう。

「うちでばかり頂戴するのは気が引けます。お初ちゃんも甘いものは好きだから――」

「いや、いや、あれはいいのです」

りんを遮り、景久は手を振った。

「あら、どうして？」

「饅頭を、こう、半分に割るとします」

空の手で、景久は言葉にした動作の真似をする。

「はい」

「割った饅頭を見比べて、その小さい方ばかりをオレに渡すのが初名です。悪女です。あれにくれてやる饅頭はありません」

くすくすと、りんがまた口元を隠して笑う。佐々木家の兄妹は、本当に仲がいい。斯様に言いながら景久が妹のぶんの酒饅頭を取り分けているのを、りんはちゃんと知っている。厚意でもらったものだからと、ひとつはきちんと自分で味わっていることも。

本当に篤実(とくじつ)な人だとりんは思う。

まっすぐで純粋で、とてもわかりやすい。そう。佐々木景久はわかりやすいのだ。なんくれと理屈をつけ、足繁く通ってくる景久の好意は面映(おもは)ゆいほど伝わってくる。

たとえるなら体の大きな犬のようだった。もちろんりんの側も、懐かれて悪い気はしない。そもそも真っ正面の好意というものは、真っ向大上段の剣のようにいなしがたい。尾を振る犬は叩かれずとは、まったく言い得て妙である。

「……おりん殿？」

物思いに耽(ふけ)ってしまったところへ、呼びかけられた。はっと我に返れば、意外なほど近くに覗き込む景久の瞳がある。

「な、なんでしょうか」

ふいと顔を背けると、「上の空であったので」などと言う。なんの魂胆もなく、単に案じただけなのだ。

「知りません」

「む？　いや、おりん殿……？」

袂で顔を隠したら、困惑しきりの声がする。そのあまりに素直なさまに、また可笑しくなってしまった。この人の傍にいるだけで、澄まし屋のはずの自分が簡単に上機嫌だ。

そうした具合に戯れながら、ふたりは益体もない話をいくつかした。

やがて大概に時を過ごしたことに景久が気づき、後ろ髪を引かれつつ暇乞いを切り出す。見送り、と立ち上がったりんと廊下に出るのを狙い澄ましたように、ざあっと雨音が鳴った。とうとう降り出した様子だった。

「通り雨、ですね」

「うむ」

格子窓の外を見れば、大分に激しい夕立である。乾いた土を打つ雨の匂いが、強く鼻に香った。

「少し待てば、きっとやみます」

「うむ」

隣に並んだりんが囁く。こうしたとき、気の利いた言葉の出ない自分が、景久はほとほと嫌だった。

「もう夕餉の刻限ですし、いかがでしょうか。よろしければ雨待ちの間に、何か軽くお出ししますよ」

不器用なふたりのやり取りを、帳場の庄次郎は笑いを噛み殺しつつ聞いている。

傘を貸してくれと、景久も言わない。

「不躾ですが、お願いできますか」

傘をお貸ししましょうと、りんは言わない。

＊

降ってきたな、と池尾彦三郎は恨みがましく空を見上げる。

夜の色に染まった空には、いつの間にか黒雲が垂れ込めている。そこから零れる大粒の雨が、飛沫を上げて土を叩いていた。手にあるのは通い徳利ひとつばかりで、傘の用意などありはしない。彦三郎の着流しが、たちまち濡れ色に変じていく。

池尾の屋敷を出る折にはまだ、あんな雨雲はなかったように思う。

むっとする湿気に包まれながら、彦三郎は顔には出さずに苦虫を噛み潰した。まったく自分は、天に好かれぬものらしい。

ついそのような自虐をするほどに、このところの彼は多忙を極めていた。半年前の後藤事変の始末も大概であったが、現在の彦三郎を悩ませるのは身内の醜態だった。

事変の折、彦三郎の父、池尾新之丞は病床に伏した。左馬之助の挑発を受け、己が激情で体を害したのだ。

以後は長く朦朧と床に就いていたのだが、およそふた月ほど前、新之丞は明瞭な意識を回復した。

我が父が旺盛を取り戻したのだから、子としては快哉を叫ぶべきところであろう。だが彦三郎はまるでそんな心地になれなかった。新之丞が、早速に頭痛の種を蒔いてくれたからだ。父は、後藤の一件に際し池尾への助力を惜しんだ家々への報復を宣言したのである。

冗談ではなかった。

絶対の窮地を切り抜け、新当主としての彦三郎が、ようやく親戚筋に認められてきたばかりである。池尾は既に盤石ではなく、今後の舵取りが肝心となる場面なのだ。年寄りの妄執で、それを台なしにされてはたまらない。

しかしながら池尾閥の中にも、時勢の読めぬ者、過去の栄光にだけ耽溺する者が一定数あった。これがため池尾は揺れた。彦三郎派と新之丞派に割れる格好となったのである。

彦三郎は否応なく働き、時をかけて同調派と協力して反対派閥を説き伏せ、排除し、どうにか再び池尾の中での地盤を固め直すに至った。

さすがの新之丞も複数の親類に説き伏せられ、意見を変えた。不承不承ながら振り上げた拳を下ろす様子である。

どうにか人心地をつけた彦三郎だが、この騒動で痛感した事実があった。それは自分に、人に好かれる才がないということだ。

池尾とそれに属する人間は、何かにつけ彦三郎を頼る。縋(すが)り、頼み、期待する。だが慕(した)いも親しみもしない。

結局彼らが求めるのは、彦三郎という人間の機能のみなのだ。

言うなれば彦三郎は、絡繰(からく)りの歯車だった。欠けば本体の働きを損ねる。が、代替はある。池尾という機構は別の誰かを代理の歯車に組み込んで、不満の軋(きし)みを発しつつ、それでも恙(つつが)なく回り続けるだろう。

かけがえのないものでは、決してあり得ないのだ。

おそらく、そうした具合に生まれついているのだろうと彦三郎は考える。

自分は他人を、まずどう役立つか、どういう働きをするかで見てしまう。道具を取り扱うような視線を相手も鋭敏に感知して、隔意を抱くのであろう。

その点、景久は違う。暢気でおおらかで、決して我から物事の中心になる人間ではないが、不思議な安心感がある。軽口として彼を悪く言う向きはあれども、心底憎む者などごくわずかだろう。

以前景久より、同輩の行状を耳にしたことがある。『この頃、オレの知り合いを騙る者が多くて困る』とのことだった。だがそうした振る舞いを受けるのは、誠心誠意をもって詫びれば、『仕方あるまい』などと笑って許す気配を景久が持つからに違いなかった。話のわかる、温情のある人間だと捉えられているのだ。

だが彦三郎は、そのような真似を受けたことがない。冷たい我が本性が、自然と見抜かれているからだろう。機嫌を損ねれば何をするか知れたものではないと、無意識に一致した解釈をなされているのだ。

池尾の名と激情家の新之丞の例が抑止力として働く部分も大きいのだが、疲弊した彦三郎の精神は、そこに自分の責ばかりを見る。

心に閉塞を覚えると、彦三郎はぶらり我が屋敷を抜け出る。向かう先は佐々木の家だ。先触れもなしで思い立つなり訪える気安さは、田舎武士の気軽というよりも、このふたりの間柄ならではのことだろう。迷惑をかけているとも甘えているとも思うが、幼い時分よりの習い性はなかなかに変えられるものではない。

そんな逃避の道中を遮るように、この夕立である。ますます気が沈むのも致し方のないところだった。

いっそ今日は引き返すかとますます後ろ向きな心地になったところへ、聞き知った声が届いた。

「池尾様！　彦三郎様！」

出来立ての水たまりをひょいひょいと飛び越えて駆けてくるのは、佐々木初名であった。武家の娘らしからぬ機敏の披露であったが、そのような道理より微笑ましさが先に立つのは彼女の備える陽性の気質がためであろう。

微笑交じりに足を止めると、到着した初名は手にした傘を高くもたげて差しかけてきた。

「ありがたいが、俺を入れてはお初殿が濡れますよ」

「急ぎ足なら大丈夫です！　被害も少なめです！」

彦三郎の行き先を我が家と決め込んだ物言いである。実際その通りなのだから、彦三郎としては苦笑する他にない。琴の稽古の帰りだという彼女から傘を引き受けると、「それにしても」と口を開く。

「随分と遅いお帰りでは？　夏の日は長いとはいえ、夕暮れを過ぎても戻らなければ、景も清兵衛殿も案じますよ」

言いながら、彦三郎は自分の立ち回りに心中で唾棄した。親切に対し、上から訓告のような物言いを返す。随分な忘恩であろう。

だが初名は気にした素振りもなく、叱られた子供のように小さく舌を出した。

「今日は少し、盛り上がってしまいまして」

初名が手習いに行くのは、御年六十を超える才女の元へだ。夫に先立たれながらも見事家を切り盛りし、立派に四男三女を育て上げた女性である。

苦労と慌ただしさを生涯の両輪としてきたためか、いくつになっても暇を嫌い、子らが建ててくれた隠居の屋敷で琴に鼓（つづみ）に作法にと、諸芸を武家の子女に教授していた。

初名が口にする「盛り上がった」とは、ここで学びを同じくする同士での歓談についての表現であろう。同世代の娘たちが集まれば姦（かしま）しいのは世の常だ。闊達（かったつ）な習いの場は秋月道場と同種の働きをなすものらしい。

なるほど、と相槌（あいづち）を打ちはしたものの、そこから彦三郎の舌は動かない。政治向きに関しては明晰（めいせき）な彼の頭脳は、硬直し、堂々巡りに陥っている。

どうにも話題が見つからなかった。景久相手にならばいくらでも愚痴を零せはするが、それは初名を楽しませはすまいとの頭があった。池尾の内紛など、聞いて面白いものでは到底ない。

明確な上下、身分が決まり切っての応対ならばよかった。好かれぬと知りながら、それでも小才子池尾彦三郎の皮を被ればそれで済む。

けれどそれよりもう一歩近い、対等で気安い間柄での対応を、彦三郎は景久以外に知らなかった。冷たい家に生まれ育った弊害である。たとえば父母の談笑を、彼は目にした試しがない。

彦三郎は顔がよい。ゆえに女人受けもよい。が、秋波を送られど浮名を流さぬ男が彼だった。否。正確には、流せぬ、と言うべきか。つまるところ遊び下手、砕けた会話に向かぬのだ。それは、新之丞という父の目があっては致し方ないところであったろう。期待と重圧は、長く彦三郎の隣人であり、それらは常に彦三郎の胸襟を正させてきた。

親に反発し、悪い仲間とつるめばまた違った人間が形成されもしたろうが、彦三郎の竹馬の友は佐々木景久だとは繰り返し述べるところである。対人交渉の器用さについては、推して知るべしであろう。実際、ここで黙り込むことで話を繋げる機会を逸したことにも、彦三郎は気づいていない。

とはいえ彦三郎がここまで鯱張るのは、初名に対する折くらいのものだった。

池尾彦三郎は、佐々木初名に特別な感情を抱いている。他の佐々木家の面々に抱く親愛とは少しばかり異なる、男女のそれだ。

妹のように感じていた幼馴染を、いつからそのように想いはじめたかは、彦三郎にもわからない。だが誰にも好かれぬはずの自分のような人間に屈託なく接する景久や初名のありようを考え合わせれば、いつだろうとそれは時間の問題であったはずだ。

けれど彦三郎は、長らく己の心を封じてきた。婚姻はあくまで家同士が繋がるためのもの。ならば夫婦は家長が定めるものと、押し殺し続けていた。

この朗らかな少女が楽しく笑うのを垣間見れればよいと思い、己が望むことでそれが失われることを案じたのもある。初名は凍てついた池尾の家に閉じ込めてよい人物ではない。だから初名の示す親しみから時折逃げるようにもした。何をどうするにしても、景久が片付くのが先だと自分に言い訳をして、古馴染みの関係性をいつまでも壊さずに来た。

けれどその景久が変わった。自縛の殻を破り、世に身の置きどころを見出した。彦三郎の親友は、己の天分を飼い慣らしはじめたのだ。

友の精神的成長は喜びであったが、同時に置き去られるような心細さを彦三郎の胸に生んだ。自分も何事かをなさねば、追いつかねばと彦三郎を焦らせた。

加えて、彦三郎に縁談が舞い込みはじめている。弱れりとはいえ池尾閥をいまだ重く見る者から、あるいは池尾内での彦三郎派の結束を高めんとする向きからのものだ。家の繋がりを求め結束を重視した、武家として実に正しい行動である。

しかし懊悩の末、彦三郎はこれらを全て退けた。

得心しない者たちへは、『政の理屈で結ぶ縁ならば、まだ正室は娶れません。側室の扱いになりますがよろしいか』、『足場の不安定な自分が嫁を取るは人質に似ると世間は見ましょう。そんな真似をせずとも、俺はあなたを信頼しておりますよ』などと添えて反論を封じている。

が、それもいつまでも続くものではない。いずれ必ず向き合わねばならない事柄だ。

斯様な大小交々が彦三郎に初名との関係を意識させずにおかず、それがますます同じ傘のうちの彼女を近くに感じさせた。

夕立の中、やや足早な彦三郎のその困り顔が面白く、初名はにこにこと隣を歩く。

濡れそぼる彼の肩に彼女が何も言わぬのは、気づかぬからでは決してない。

*

景久が我が家に帰り着いたは、雨が過ぎて幾分か経っての頃だった。

縁側では、濡れた梅の木を肴に彦三郎が手酌をしている。

「来ていたのか、彦」

「邪魔しているぞ、景」

彼らなりの挨拶を交わしてから、彦三郎はにやりと笑った。

「手に傘はない。が、濡れてもおらん。平素のお前なら、平左で雨を突っ切りそうなものだが、大人しく雨宿りをしたものらしい。となると、向野屋だな？」

「悪いか」

寄り道の先をあっさりと見抜かれ、拗ねた景久が吐き捨てる。

「悪いです」

彦三郎はまた人の悪い微笑を見せただけだったが、これを拾ったのが初名だった。

「いつもいつもおりんさんにご迷惑をおかけして。今度、初がお詫びに伺わないと」

「よせ。お前が行けば、その詫びをしにまたオレが出る羽目になる」

「どういう意味ですか、兄上！」

草履を脱いで縁側に上がり、吠えかかる妹の頭を景久は軽く撫でた。

「さておき、彦については礼を言う」

彦三郎が身に纏うのは、景久の着流しだ。先の夕立と考え合わせれば、何があったかは簡単に想像がつく。

どうせ用意の悪い初名が雨具を持たなかったのだ。その初名に雨中で遭遇した彦三郎が、見かねて傘に招いた。人間のできた我が友のことだ。傘の外に己の半身を晒し、初名ばかり濡れぬように差しかけていたのだろう。

家についてようやくそれを察した初名が、慌てて兄の着物に着替えさせたで相違あるまい。

「別にそれはいいです。兄上がいらっしゃらずとも、初が池尾様をおもてなしするのは当たり前ですから」

「では歓待賜った俺から礼を」

「歓待なんてとんでもない！　ただお風邪を召したらと案じたばかりのことですから！　あ、でもお喜びいただけたのなら初も嬉しいです」

兄の感謝へはぞんざいに手を振って、初名は彦三郎にばかり愛想がよい。

「まったく……粗相を披露していなければよいのだがな」

「まあ。ご信頼がありませんこと」

こまっしゃくれたふうに言い、初名は陰で景久の脛を蹴る。

「相変わらず、睦まじいことだ」

「睦まじいものかね」

微笑する彦三郎の隣へ、景久はどっかと腰を下ろした。友人の酒杯を当然の顔で攫うと、まずはひと呑みに干す。

「最近オレは昵懇の仲をひとり失くして、心に傷を負っているのだ。もっと労わってもらいたい」

「ほう？」

気遣わしげにした彦三郎に、景久は笑い話として煮売り酒屋での一件を披露した。一同の苦笑がいち段落し、初名が厨へ立ったのを見計らってから、景久は続ける。

「ただ、な」

「どうした、景。思わせぶりだな」

「おりん殿が、これを胡乱と評している」

彦三郎の目が、すいと細まった。りんの知性は彼も高く買うところである。

「池尾にも障りかねんので伝えておく。実を言うと先日、オレは鞍替えの誘いを受けた。お前を見限り、井上殿に尾を振れとな。だが噂も旬を過ぎたオレが、今更そうしたことの対象となるはいささか不自然と、そのように言っていた」

受けた勧誘をどうしたかを、景久は言わない。彦三郎も問わない。ふたりにとっては、口にするまでもないことだった。

「なので、用心せよとのことだ。悪評も引き抜きも、我々には見えぬ水底で何かが蠢いた波紋やもしれんと、おりん殿は案じてくれていた」

彦三郎は腕を組み、「井上盛隆か」と呟いた。眼を閉じ、熟考に入る。

「市中のことには当座の手を打った。それと、誘いに来た連中の人相ならば覚えているぞ。どこの誰かは知らんが、顔を検めれば必ずわかる。これが一助になりそうならば言ってくれ」

友の言いに、思案を破って彦三郎は瞠目した。

「驚いたな。お前がそうしたことを気にかけるとは」

「これでも大分悔いたのだよ。特に、赤森の件で」

苦い口調で、景久は応えた。赤森とは、道を誤った人斬りである。彼の過ちの根に、自分との関わりがあったやもしれぬと、そう景久は悔いている。

「自分には無縁のことと、好かない人間全てを十把一絡げに取り扱って、個々の顔など見もしない。それは恥じ入るべき生きざまだ。そうした相手にならば、人はいくらでも冷淡に、冷酷になれる。いや、冷たいのとは違うな。そもそも関心がない、見向きもしない。だから何があろうと気にも留めない。これは忌み嫌うよりなおひどい」

景久はすいと庭に目をやった。おふくろ様の木を見上げながら、訥々と胸中を述懐する。

「オレは自分の大切が、誰かにそのように扱われたらと思うとぞっとする」

そう結んだ彼へ、友は静かな眼差しを注いで頷いた。

「やはりお前は大したものだ」

「最早阿蒙に非ずと、鼻を高くしてもよいかね」

「是非するといい」

愉快げに応じてから、彦三郎はいささか人の悪い表情をする。

「時に関公を捕えた名軍師ならば、向野屋に養子の話が雨あられとあるのはご存じだな？」

「うん？」

素っ頓狂な声を上げた景久に、彦三郎が笑みを深くした。

「商家の娘が士分に縁づくとなれば、事前に武家の養女となるが通例だ。かつて本多の娘が真田に嫁ぐ前、神君の養女となったようなものだな。見栄、体面の類ではあるが、この手を軽んじれば世間はうるさい。だからここに、りん殿を我が子に貰い受けたい連中が出る。佐々木と向野屋の間に、神君の立ち位置で一枚噛みたいというわけだ。どちらも、縁続き地続きとなる利の多い家だからな」

思いもよらぬ方角から殴られた風情で、景久が押し黙った。

「池尾とだけ厚誼を結ぶというのも、あまりよい世渡りではなかろう。清兵衛殿とも向野屋とも、遺漏なく擦り合わせておくべきだろうな」

「……なあ、彦」

「なんだね、景」

「世の立ち回りというものは、実に難儀であることだな。オレはこの頃、自分の器量のなさが身に染みるよ」

少しばかり成長を示したと思えばこのざまである。景久はぺしゃんこに落胆した。

「まあ、そう悄気返るな。俺はお前を大したものだと思いはするが、だからといって何もかもをひとりで片付けられては立つ瀬がない。お前の至らぬところは俺が支える。俺の足らぬところはお前が助ける。それでよいではないか」

「天はひとりで支えるものではない、か」

「そういうことさ」

「しかしだな、彦」

「どうした、景」

不満げな目を向けてきた景久へ、彦三郎は怪訝の顔を返す。

「お前はいつも、それをしようとするではないか」

「まさか」

「初名は、雨に濡れなかったのだろう?」

「……身内にだけさ」

厨の方角へ目をやってから、彦三郎は深い自嘲を呟いた。

「俺はな、景。人に好かれぬ人間だ。心根が暗い。たとえばお初殿は皆に愛想がいい。常に溌溂として、誰にも嫌な顔など見せはしない。だから俺は思ってしまう。お初殿が俺になどへ笑みかけてくれるのは、ただ俺がお前の友人だからであろう、となお前が許すように立派な志を持つ男なら、到底あり得ぬ心持ちだよ」

「あまり馬鹿を言うな。馬鹿にもするな」

憤慨を覗かせた景久に、しかし彦三郎は口を噤んで返さない。眉を寄せた景久は、やにわに立った。

「待て。何をするつもりだ」

「左様なことは断じてないと、初名に証言させてくれる」

「いや待て。座れ景久」

珍しく上ずった声で、彦三郎が袖を押さえる。その慌てようで溜飲を下げ、景久はまた胡座をかいた。にたりと笑って、雨宿りの一件の仕返しだと伝えてみせる。

「すまんな。四方を貶める物言いをした」

「いいさ。平素はオレが迷惑をかけ通しだ」

初名が戻らぬままだから、酒杯は彦三郎のひとつのみだ。だからそれへ互いに注ぎ、交互に干した。

「話を戻して、盛隆殿のことだが」

「うむ」

「かの一派は、辛うじて一派と呼べる程度にしかまとまりのない烏合なのだ。盛隆殿も盛隆殿で、自身がお前に興味を示したとしても、それでどうせよと指示は出さない種類の仁だ。だから主の興味だけを察した麾下が、取り込もう、貶めようと勝手三昧ちぐはぐな手を打った可能性は十二分にある。今日のことは、その表出ではないかな」

「ふむ」

「なのでお前は、いつも通りにいてくれ。どんと構えて泰然自若とあってくれ。おそらく盛隆殿自身の動き以外は全て虚だ。実を捉えられるよう、俺が努めてみる」

「心得た。だが、いざという時にならずとも、頼れよ」

「無論だ。俺も後藤の件で自戒したさ」

顔を見合わせて笑い合ったところへ、「やっているな」との声が割って入った。ふたりが目をやれば、いたのは佐々木清兵衛である。縁側ではなく、玄関口から戻ったのだろう。

「いつもながら、お騒がせしております」

居住まいを正して一礼する彦三郎へ、清兵衛は「ああ」と頷きのみを返す。表情は厳めしいままだが、目は穏やかに細められ、歓迎の意の伝わる風情だった。このところ、清兵衛の帰宅は遅い。その理由を、景久も初名も知らなかった。口の堅い清兵衛は己が現在何を手掛けるかを、どこであろうと口にしないのだ。

「景久」

「はっ」

「奥向きのことゆえ仔細は話せぬ。だがお前は明日も登城せよ。殿よりお声がかりがある。心構えをしておけ」

「はっ？」

「池尾殿」

動転し目を瞬かせる息子から視線を転じ、次いで彦三郎に告げた。

「入れ違われたと存じますが、池尾へも城より使者が参っております。明日は愚息とともに、城へ」

「承りました」

公人の物言いで伝え終えると、「邪魔をしたな」と言い置いて、清兵衛は立ち去った。

突然の上意にほろ酔いは飛び、一体何事であろうかと、景久と彦三郎は顔を見合わせるばかりだった。

＊

夜半。

ひたひたと押し寄せる異様な気配を感知して、後藤左馬之助はまぶたを開いた。世の顔色を自分一色に塗り潰す、この夜のような剣気の持ち主を、彼はただひとりだけ知っている。

隣室からは母である乙江の念仏。

それに動作の音を紛らせながら、左馬之助はゆっくりと身を起こした。右足が痛みを発したが、それはもう無視できる程度のものである。日常の立ち居振る舞いに支障はない。

現在左馬之助が起居するのは、江戸郊外の寺である。御辻藩の江戸屋敷を出た後藤母子は、池尾彦三郎の世話でこの寺の離れに厄介になっていた。彦三郎にしてみれば、似通う境遇への肩入れと同時に、この奇妙な宿敵の所在を把握しておきたい気持ちがあったのだろう。

一刀を手に取り、寺庭に面した障子を開く。

すると予想に過たず、そこにひとつの巨きな影があった。

「久方ぶりですね、先生」

告げる左馬之助に巨漢は頷き、月影に人懐こげな太い笑みを浮かべた。

この男の名を、鳥野辺林右衛門という。乙江に雇われ、幼い左馬之助に剣を仕込んだ人物であった。

「敗れたと、耳にした」

「はい」

第一声がそれだった。頷きながら、左馬之助は身構える。自流の名を汚したとの誹(そし)りを予感したのだ。

だが、それきり師は何も言わない。

定まった拠点を持たず、各地を漫遊する仁であるから、左馬之助の敗北を知ったのが今であるのに不思議はない。しかし、来訪の意図がまるで読めなかった。

「頸木(くびき)が取れたか」

「はい」

頷くと、満足げに笑う気配がした。

林右衛門は、左馬之助を高く買っていた。身の内に宿す異常な情念が、天稟(てんぴん)を一層に磨くだろうと見抜いていた。

同時に、哀れとも思った。もっと心を自在にすれば、この少年はより輝こう。ゆえに彼を縛る母の檻(おり)から解き放ってやろうと考えた。あれこれと柄(がら)にもない説法もしたが、無駄だった。あの母がいてはどうにもなるまい。

いっそ斬ってやろうかとも考えたが、やめた。母の怨念が、左馬之助を支える一助となっていると見たからだ。支えを失えばこの芽はここでへし折れる。より先へ伸びることはあるまい。ならばどのような剣士となるか、このまま成長を眺めるばかりである。いずれにせよ一廉の存在として世を騒がすに違いない。

だから、他者の顔を覚えない林右衛門には珍しく、後藤左馬之助を記憶していた。その五体、歩様、声音、性情を保持し、区別がつくようにしていた。

その左馬之助が敗れたという。誰にどう負けたのか、ひどく興味が湧いた。

所在を調べ、忍び入るように訪れた。久方ぶりに見た弟子は、想像と遜色ない成長をしていた。そして憑き物が落ちたように、落ち着いた呼吸をしていた。

地に塗れることでひと皮剥けたのだと思い、賞賛しようとしたそのとき、林右衛門は違和感を覚えた。左馬之助の重心がおかしい。剣士として立つべき形で立てていない。肉体的に以前の動きは叶うまい。なんと悲しく苦しいことだ、と林右衛門は顎を撫でた。

「足か」

「はい」

左馬之助が頷いた直後、抜き打ちが来た。

抜く手も見せぬこの一刀に、しかし左馬之助は抜き合わせている。刃先を畳へ深く差し込み、それで踏ん張りを補って、林右衛門の剣を受け切っていた。

ほう、と感嘆したように師が息を吐く。

「余計な世話ですよ、先生」

「そのようだ」

これが林右衛門の善性の発露であると、左馬之助は遅まきながら悟っている。幼い自分が示した師への理解が的外れであることを、今更ながらに感得していた。

この人は徹頭徹尾剣士なのだ。強いか、弱いか。剣を握れるか、戦う気概があるか、まだ伸び得るか。そうしたものでしか人間を見ていない。

ほんのわずかなやり取りで、林右衛門は左馬之助の負傷を看破した。左馬之助がかつての動きを喪失したと知り、最早この先はないと予感した。

鳥野辺林右衛門にとって、それは死んだ方がましな状態なのだ。

だから、斬ろうとした。斬って、楽にしてやろうと考えた。

もし左馬之助の防ぎが林右衛門の予想を上回るものでなかったのなら、続く二の太刀で左馬之助は絶命していただろう。

我が師の一端を、ようやくに垣間見たと左馬之助は思う。

鳥野辺林右衛門は、己の記憶よりもさらに異質の人だ。

かつて左馬之助は早贄の剣を、己が武を誇示するためのものと解釈した。

だがそうではなかった。

早贄で縫い留めた骸を放置するのに、なんの意図もありはしなかった。

人が、叩いた蚊の骸を弔わぬのと同じだ。興味も感慨も憐憫もなく、ただ死という事実だけを確認して放り捨てる。それだけのことなのだ。

師の世話焼きに救われた面もあり、また父性への憧憬もあった。それゆえかつての我が目は大いに曇ったのだろう。後藤左馬之助は鳥野辺林右衛門を都合よく咀嚼し、解釈していた。幼い左馬之助は、大山の一角を眺め、その視野が全てと思い違いをしたのだ。

いや、と小さく首を振る。

元来、彼はそういう人物だった。それを隠しも偽りもしなかった。だから師の気配を感知したそのとき、自分は刀を手に取ったのだろう。

「欠けたることの満つると思えば、と」

「なるほど、そうした強さもあるのだな」

感慨深く頷いてから、林右衛門が問うた。

「誰に敗れた」

「お答えしかねます」

少し調べればすぐ知れようことである。が、左馬之助はあえて答えない。

「意地の悪いことを言う」

「ですが、斬りに行くおつもりでしょう」

図星を突かれた林右衛門が懐こく笑う。まるで悪戯を見抜かれた子供のように。

「もう参りはせぬ。息災でな」

林右衛門は、自分の欠点を知っている。ひとつは他者の限界や回答を、独り決めに自分で決めてしまうこと。そうしてもうひとつは、一度懐に入れた人間に甘いことだ。

決別は、後者の位置から発せられた言葉だった。左馬之助のように、記憶した相手に自分は甘い。だから後日再び会えば、またぞろ余計な世話を焼きたい心地が起きるに違いない。ならば生涯、顔を合わせぬ方がよかろう。

野犬がいくら吠え立てようと気にも留めない。それが煩く噛もうとするなら、ただ蹴殺すばかりである。そんな己の渡世であるが、人を手にかけるのは心が痛む。

寺の外へ出ると、待つように言い含めていた数名がすいと姿を現した。

林右衛門の武名を慕い、その剣を、強さを学ぼうと追従する者たちだった。それゆえ一挙手一投足を見逃すまいと、こうして勝手に供回りじみた振る舞いまでする。

林右衛門を取り巻く彼らの中には、幾人か、記憶に値する者がいる。だがいずれへも林流の手解きはしていない。これは自分に特化している。剣のかたちとは人それぞれに異なるものだ。ちょうど幸福のかたちが、人それぞれで異なるように。教えども身にはつくまい。

左馬之助程度の真似事が精々だ。

林右衛門にとって、これは当然の隔絶である。

彼が他者の顔を覚えぬとは、幾度か述べた。が、これは正確なところではない。覚えられないのではない。林右衛門は、他者の顔が見えぬのだ。

鳥野辺林右衛門の生まれは遊郭である。

母は客に入れ込んで子を産み、生まれてすぐの我が子を捨て置いて、父である男と足抜けを図った。両親のその後のことを林右衛門は知らない。誰も噂すらしないことが、廓の仕置きの凄絶さを何より雄弁に物語っていた。まず揃って膾に叩かれ、海にでも捨てられたのだろう。

楼主は、そんな林右衛門を一応は育てた。無論、情ではない。忘八にそのようなものは存在しない。童のうちから使い走りにし、いずれはいなくなっても惜しくない暴力装置に育て上げるべくである。常日頃から生まれてこなければよかったと、初めから死んでいてくれれば手間がなかったと罵られ続けてきた。

楼主からしてそれなのだから、林右衛門に対する周囲の扱いも知れようというものだ。彼の幼少期の記憶は、ただ痛みとひもじさで埋め尽くされていた。

そんなあるとき、林右衛門はすさまじいものを見た。白い梅の花が舞っていたから、春のことだったろうか。

それはひとりの剣士と旗本奴めいた十数人の斬り合いであった。

何ゆえに起こった立ち合いか、それはわからない。林右衛門が見たのは白刃が抜かれたそのときからだ。わっと悲鳴が上がって人が逃げ惑い、たまさかに通りがかった林右衛門はそちらを向いた。

その剣士は、数の差をものともしなかった。

相手取る者全ての動きを予め知るかのように、するすると足も止めずに動いていた。いくつもの刃が振るわれるが、殺意が閃いたとき、もう彼の体はそこにない。

水のごとき足さばきの合間に、時折きらきらと剣を振るった。それは受け太刀の位置を知悉して避け、刃同士を噛み合わせることなく命を奪った。

それはまさしく舞であり、美しく、艶めいてすらいた。

林右衛門は呆けたようにそれに見入った。強ければ、ああも自由にあれるのだと、強烈に心に焼きついた瞬間だった。

訪ねて回ったが、その剣士がどこの誰と知れることは結局なかった。緘口令が敷かれていたからである。

色里での私闘で命を落としたとなれば家門へも累が及ぶ。よって斬られた旗本奴どもは全て病死と届けられ、それを探るを廓はよしとしなかったのだ。

だが以来林右衛門は、暇さえあれば棒切れを振り回すようになった。眼裏の師を真似ての振る舞いだった。小馬鹿にする者は無論あったが、食えぬながらも背丈が伸び、体ができ上がる頃には彼に逆らえる人間は楼主も含めてなくなっていた。

初めて刀に血を吸わせたのもこの頃である。

人斬りに憧(あこが)れ、剣を握った。ならば殺生(せっしょう)の道へ歩み入るは自明と言えよう。

そうして数年を経た頃、林右衛門の身に異常が起きた。

道行く者たちの顔が、一様に同じ顔に見えるようになったのだ。

それは男の顔だった。年の頃は二十と少し。目鼻立ちは水面の像のように揺らいではきとしないが、いつか斬った男であるような気がした。

しかし、どういう人間であったか、どうした経緯で斬ったか、それ以上の記憶はまるでない。

他者に重なる幻の顔は、最初は数呼吸のうちに消えた。だが日を経るにつれ幻像は濃度を増し、やがて全ての人間がその男の顔に見えるようになった。

常人ならば、すわ死霊に憑かれたか亡魂の呪詛(じゅそ)を受けたかとふためいたことだろう。

けれど林右衛門は動じなかった。

背丈、声音、歩様をはじめとした所作仕草から人の区別はつくものだ。ひとつことを除いて、不便も不都合も覚えなかった。

そのひとつとは、記憶の汚染である。男の顔は思い出すらもを浸食した。彼が師と仰ぐかの剣士の顔も、いつしかこれに塗り潰されてしまっていた。

怒りを覚えて当然のところであったが、林右衛門はこれを僥倖と断じた。

眼裏の師は、己より優れた剣士である。ならばいずれ、必ず優劣をつけねばならぬ日が来る。しかし彼我の年齢差を思えば、師はとうに老境であろう。道を示してくれた恩義もあり、老いた彼に暴威を振るうは本意ではなかった。

こうして林右衛門にとって、世界は平等になった。誰も彼もが等しく皆同じになった。

誰も彼もの顔が等しい無貌の世界に陥って、しかし彼の価値感はいささかも揺るがなかった。

剣は剣。華々しく輝くは殺生のひと刹那こそ。己もそうあればよいと定義し、その強きにより心の自在を得た。

彼が鳥野辺林右衛門と名乗りはじめたのは、そのように成り果ててからである。

自らを死者の中に住まう者と観じ、同じ顔の貌なき亡者を彼岸へと送り返すを生業と任じたのだ。鳥野辺とは葬送地である鳥辺野と、野辺送りを掛け合わせたものであろう。

林右衛門の剣が精妙に至ったのも、やはり時を同じくしてだ。

何者であろうと、人を、生き物を斬る折には感情の揺らぎを生じさせる。常人であれば命を奪うことへの恐れを、罪悪感のような負債を抱く。快楽殺人者であったとしても、得られる愉悦の期待を、やはり波紋のように発するだろう。殺人を完全な無感情、平静など通常は不可能なのだ。

だが、林右衛門はする。彼は斬る。斬り捨てる。一切の揺らぎなく、一切の迷いなく。なんとなれば、彼の相手は常に死人である。もとより死した者を正しく黄泉路へ返す。それに対してなんの心が起ころうか。精神は鏡のように平らかで、ゆえに彼の太刀行きは尋常ならざる冴えを得る。

故事に曰く、ある弓の達者が狩りに出たところ、草むらに身を伏せる虎を見た。咄嗟に矢を射かけると、それは矢尻が見えなくなるほど深く獣の体に突き刺さった。

だが射られたのちも、虎は身動ぎひとつ見せない。不審に思って近寄れば、なんとそれは猛虎によく似た形状の岩石であった。

その後達者は幾度も同じ岩を射たが、ついぞ矢が立つことはなかったという。

林右衛門の剣とは、これと同種の自己暗示めいた何かであった。

相手を既なる死者と観じ、呑んでかかる精神のありようが、剣に通力めいた何かをもたらしたのであろう。

もし彼の見る幻像があるいは死者の無念の現れ、あるいは林右衛門自身が秘めたる良心の表出であったとするならば。

それが林右衛門の剣腕と剣名をますます高めたは、皮肉の極みという他にない……


左馬之助のようなごく少数の例外を除き、今日に至るも林右衛門は人間の識別をしない。ゆえに彼の平等は続いている。もちろんそれは博愛を意味しない。気まぐれに犬猫を愛でるような、屋内に迷い込んだ羽虫を外へ逃がすような心の働きに過ぎない。

だから林右衛門は付き従う彼らを、門弟とも弟子とも思わなかった。言うなれば同じ船に乗り合わせただけの関係だ。

気分よく過ごすために、その場限りの付き合いはする。だがそれきりで忘れるし、何があろうと心が動くこともない。同じく、彼らも自由だ。時折頼み事をしもするが、従うも従わぬもその心次第。

「興深いものを見た」

その場で寺の影を見返し、林右衛門は問う。

「誰ぞ、強くなりたい者はあるか」

応えて進み出たひとりの踝を、林右衛門は鞘尻にて無言で打ち砕いた。ものの試しだった。

ぎゃっと戦意も悟りもなく蹲る姿を眺め、林右衛門は首を傾げた。どうやら上手くいかなかったようだ。壊し方が違うのだろうか。

次を求めて目をやると、他の者たちは既に一足一刀では届かぬ距離に逃れている。よくわかっているようだ。

まあ、図に当たれば儲けもの程度の仕業である。わざわざ追って仕掛けるまでのこともない。

「後藤の生国、なんといったかな？」

「確か、御辻と」

答えを得て、助かる、と林右衛門は頷いた。左馬之助を、ああも見事に壊した者に甚く興味が湧いていた。あれが、不足の美というものであろうか。

「では、俺はそこへ行くとする」

同舟の誼でそれだけを告げ、林右衛門はゆったりと夜を歩きはじめた。

師の気配が遠ざかるのを感得して、左馬之助は詰めていた息を吐いた。

鳥野辺林右衛門に強い意志はない。何事かをなそうという志はない。だが、だからこそ怖かった。

あらゆるものに無頓着なればこそ、逆にどんな英雄の首だろうと、まるで気にせず刈り取ってのける。あれはそういう手合いだ。稲の穂を刈るのに感慨を抱く農夫はいない。それは一本一本見分けのつかない、無量にして同種のものでしかないからだ。

いまだ痺(しび)れの残る左右の手を、交互に握り、また開いた。

師の太刀行きは恐るべきものだった。かつて対峙した佐々木景久の異様な膂力(りょりょく)に匹敵する。もしくは、凌駕(りょうが)する。

――恩はないが、義理はあろうよ。

親切の押し売りを受けた踝を撫で、左馬之助は苦笑する。

そうして、急を告ぐべく筆を握った。

隣室からは、変わらず母の念仏が聞こえている。

第二章　まめとまめがら

御辻藩藩主、大喜顕家(おおきあきいえ)にはふたりの男子がある。

ひとりを蘇芳丸(すおうまる)、ひとりを亀童丸(きどうまる)といった。

ほぼ同時期に誕生した男子であり、いずれも側室が産んだ子である。江戸の正室に子はいまだなく、顕家の後継は両名いずれかと目(もく)されていた。

江戸期において、最も多く改易の理由となったのが跡継ぎの不在だ。慶安(けいあん)四年（一六五一年）に末期養子の禁が解かれはしたが、無嗣(むし)断絶の件数は明治までに八十を超える。三百諸侯の言いを額面通りとすれば、三割近い大名家が咎(とが)められた計算である。

武士にとってこの無嗣断絶と等しく恐ろしいのが、優劣の定まらぬ跡継ぎが複数あることだった。それは家を割る不穏の火種に他ならない。

藩主とは、一種閉じた政治形態の頂点である。その座を得るべく、血で血を洗う闘争が繰り広げられる例が少なからずあった。無論、神輿(みこし)として担(かつ)がれる子らの意思に関わりなく生じる凄惨であり、豆を煮るに豆がらを燃く所業である。

これもまた家中不行き届きで改易の理由となる事態なのだが、権力にこの種の蠢動はつきものだ。御辻のような長閑な藩とてこの例外たりえず、顕家の子らの頭上には大人たちの思惑が暗雲となって垂れ込め、骨肉の争いを予感させていた。

蘇芳丸は、数日早く生まれ落ちた兄だ。

その母は実城殿という。実城とは本丸の意であり、特に愛されてそこへ住居を与えられたことによる通称である。

しかしながらこの実城殿は、蘇芳丸を産んですぐ病没した。頭痛、腹痛を訴えながらの死であったという。

だから、蘇芳丸には後ろ盾がない。

そもそも実城殿からして、どこの閥にも属さぬ腰元が、たまさかに見初められて側室となった女性である。家格は低く実家は弱く、ゆえに先に生まれた兄ながら、周囲は蘇芳丸をいないもののように扱った。迂闊に関われば亀童丸を擁する一派から睨まれかねないからだ。病への感染を恐れ罹患者を疎むに似た状況だった。火の粉を避くるは当然の判断だが、幼い子供にとっては残酷な境遇と言えよう。

こうした足場の脆さから、蘇芳丸はいまだ将軍への御目見えは果たさず、嫡子としての地位を確立していない。

対して亀童丸の母、寿葉は大した存在だった。

彼女の父は井上隆盛。鉱山奉行の職にあり、水運を主とする御辻の従来のやり方に反して山に分け入り、鷲尾の山で銀鉱を掘り当てて頭角を現した男だった。

現在は侍然としているが、生まれは卑しく、井上の家に養子として入る前は全国を渡り歩いた鉱夫だとも、山師の一種とも言った。

噂の真偽は知れず、だが彼の持ち込んだ灰吹法により、鷲尾銀山は御辻の富の源となった。

灰吹法とは貴金属鉱石を熱した鉛に投じて貴鉛を作り、さらにそれを骨灰の上で熱することで酸化鉛と金銀の合金に分離させる手法である。

石見銀山から全国に伝播したこの製錬法により日本各地の金銀産出量は大きく増したが、反面鉛の粉塵吸引は著しく鉱夫たちの健康を害した。齢三十を超えるものが出れば長寿祝いの宴席を設けるほどに、鉱夫の平均寿命は短かった。

こうして太く短く生きる性質を獲得した彼らは、兎にも角にも血の気が多い。開山初期は騒動が絶えず、日々人死にが出たという。

この荒くれどもを手懐けたのも盛隆であった。

鉱夫たちの慰撫として、まず盛隆は銀山周りに岡場所を開設した。これを皮切りに様々な便宜を取り計らい続けた結果、今や荒くれどもはすっかり盛隆に手懐けられている。

そして井上隆盛の活力は、そこで満足をしなかった。

銀山が吐き出す富で井上の家格を高めて池尾閥に取り入り、さらには我が子を顕家の身辺に仕向けて側室にまでしてのけたのだ。

池尾も血筋の娘を顕家に嫁がせはしたが、一向に子のできないままだった。ゆえに当時、池尾新之丞は自らの勢力から世継ぎ候補が誕生したことを甚く喜んだものである。

が、井上隆盛は時流に鋭敏だった。後藤左馬之助が御辻藩を揺るがした折、最も早く後藤閥へ鞍替えしたのがこの男である。

しかしこの速断は、盛隆の首を絞めた。左馬之助は池尾の屋台骨は揺るがしはしたが、佐々木景久の介入により倒し切るには至らなかった。盛隆にしてみれば梯子を外された格好である。

今更池尾閥には戻れず、かと言って後藤閥は頼れず、危きに陥った盛隆は、だがしぶとく亀童丸の存在を前面に打ち出した。

長男の蘇芳丸はいまだ御目見え目前。まだ亀童丸にも後継の芽がある。もし我が孫が嫡子となれば我は藩主の祖父なるぞと吹聴し、銀山が吐き出す富で人を動かし誑かし、その張子を現実に変えてのけたのである。牛後とならず鶏口を選ぶ、鋭い決断と言えもしようか。

現在の盛隆は、陰に跋扈将軍と誹られるほどの権勢を誇っていた。これは漢王朝にのさばり、皇帝を毒殺した梁冀のあだ名に他ならない。つまり主君を恣に変えうる家臣ということである……

＊

「蘇芳丸の傅役をな、お主たちに任せたいと思うのだ」

藩主大喜顕家は、私室に召し出した景久と彦三郎にそう告げた。

顕家はふんわりとした気配の、色白の男である。御年三十二というから、為政者としては若い部類であろう。

よく言えば見た目通り、実に伸びやかな気質を備えた仁である。そして悪く言えば、万のことに欲がなく、気概が足りない。大喜の殿は治水以外に目が向かぬ、と言われる典型だった。

が、顕家のこの気質は生来ではなく、歪められたものである。それは長らく意見を、意志を曲げられ続けてきたことによる弊害だった。己の思案は常に誤りであり、よりよいものが必ずあると誤認させられてしまった人間が陥る諦念の心根である。

ゆえにこの言葉は、常に声を押し殺してきた顕家が発するとは思えぬほど大胆なものだった。

傅役とは、端的に述べるならば教育者である。身分ある者の子につき、学問から武芸、思考の筋道までをも教え導く役柄だった。これに任じられるのは当然信頼の厚い人物であり、通常であれば様々の経験に通じた老練が就く。

おいそれと若人(わこうど)二名に任せられる役柄ではなく、加えて前述した井上盛隆との関係もある。

「お言葉ですが、殿。蘇芳丸様には既に」

従って彦三郎が慎重を滲(にじ)ませる言いをしたが、顕家はこれを遮り、ゆっくりと首を横に振った。

「正嗣(まさつぐ)がそれであったのだが、な。先日、身を引いたのだ。老齢を理由としていたけれど、盛隆への配慮であろう」

蘇芳丸に仕えた加藤(かとう)正嗣は、大きな派閥に属さぬ老人だった。温厚篤実ではあるが、荒波のくぐり方を知らない。

当人の望む望まざるにかかわらず、現在の蘇芳丸は反井上の筆頭のような存在だとは述べた通りである。正嗣のような人物が、関わりを回避するのは当然の帰結だった。彼の去就は、同時に城中が亀童丸を顕家の跡継ぎと目することの証左とも言える。

「しかしどうにも、鷲尾がな。蘇芳丸を捨て置かぬようなのだ。まさかそれだけはすまいと思うのだが……」

　鷲尾とはすなわち鷲尾御前、井上寿葉の異名だった。父が取り仕切る鷲尾銀山よりの通称である。

　そして顕家が口を濁した先は、亀童丸の母たる女が、蘇芳丸を害す腹であることの示唆に相違なかった。それが父の意向か娘の短慮かは別として、彼女はそうできるだけの権力を城中で握っている。

「それで外記に相談をしたのだ。すると、お主たちふたりの名が挙がってな」

　景久と彦三郎は、揃って顔を見合わせた。

　老いに冒され近頃の登城はないが、彼らの師は藩の武芸指南役である。顕家と密接な繋りがあって少しもおかしくはない。

　だが外記はふたりに、このような話は一切匂わせなかった。

　老境にありながらいつまでも悪童じみたところがあるから、我々の驚き顔が楽しみだったのやもしれんと、景久は腹中で考える。

「池尾の新当主と秋月の秘蔵っ子。この両名ならば鷲尾を掣肘しうると、外記はそう申してくれた。どうだ？　曲げて引き受けてはくれぬか？」

　悪く見れば、景久と彦三郎のふたりを危地に、池尾と井上を全面抗争に追いやるばかりの仕業である。けれど尋ねる顕家の顔には、我が子を案じる父の情が明らかだった。

「そなたらが否と言うなら、致し方ない。蘇芳丸は我が母に預けることとする」

顕家の母は、今は慶秋尼という。その名が示す通り、既に俗世を離れた身の上である。

顕家が言うのはつまり、蘇芳丸を僧院に入れ、将来の展望一切を投げ捨てるのと引き換えにその命を救うという窮余の策だった。顕家から見た蘇芳丸の現状は、それほど逼迫しているのだろう。

大喜顕家は確かに情を備えた父親だ。我が子らに明るい未来があることを希っている。藩主ながら顕家は、権力の使いどころと我の張り方を知らなかった。決断を恐れ判断の時機を誤り、事ここに至るまで動けぬまま、我が子らを現在の苦境へ追い込んでしまった。そんな父親がどうにか思案を巡らせ繰り出したのが、新たな傅役という一手である。武芸指南役の愛弟子と池尾閥の長。若くも名実のあるふたりを蘇芳丸の傍居に据えて、その立場を救おうというのだ。

無論、これを受ければ両名は、井上一派との対立に身を投じることとなる。よって彼らがそれをよしとしない場合に備え、蘇芳丸を仏門に入れるという別の逃げ道も用意した。

忌憚なく述べるなら、顕家の見通しは甘いと言わざるを得ない。

対立軸を用意しただけで跋扈将軍が弁えるはずもなく、また僧籍にある者を還俗させ家を継がせた例は、それこそ足利将軍家にすら存在する。盛隆の視点で物思うなら、禍根を断つのは当然であろう。

そして彦三郎の知る井上盛隆は、必要とあればいくらでも非情をする男だった。十中八九顕家は、己が母と子を一度に失う結末を迎えることとなるだろう。

政略の図面としては、断じて良い話ではない。だが、それでも。池尾彦三郎は、主君を手助けしたいと思った。

顕家の今は我が父が追い込んだ場所であり、彦三郎自身もまた、同じ位置に座したことがある。周囲のために声を殺し、己を殺す覚悟を決めたことがある。

わずかに目を動かし、景久を見た。

その折、自分は友に救われた。あの日我が身を貫いた感情を知る以上、顕家に手を伸べない選択を彦三郎は持たない。

「なんの否やがありましょうか。大任に身が引き締まる思いです。我らのような若輩を重用してくださった御恩へ、必ず報いて進ぜましょう」

声に震えすらなく口上を述べるや、受諾の意を示して平伏する。

突如突き出されたお家騒動の火種に目を白黒させていた景久が、慌ててこれに倣う。

「うむ、うむ。頼む。蘇芳丸をよろしく頼むぞ」

ほっと安堵の息を吐く顕家の様子は、彦三郎に兄ふたりを思い出させた。生涯父の、池尾新之丞の影に覆われ続けて夭逝(ようせつ)した兄ふたりを。

これまで顕家を踏みつけてきたものの正体とは、やはり父で相違ない。声を大に我が望みのままに振る舞い、他者を意のままに従わせるのに慣れた傲慢。顕家のかたちはその犠牲者のありさまだった。だからこそ、彦三郎は主君に兄たちの影を見た。

池尾新之丞もまた梁冀であったと、彦三郎は痛感する。

——蘇芳丸様が救われることが、この方の救いとなればよいが。我が父の所業の、わずかな罪滅ぼしともなればよいが。

景久の同意を得ない決断は、こうした償いの意識に起因した。

畳についた手のひらを拳の形に固く握り、父のようにだけはなるまいと、彦三郎は強く思っている。

＊

「すまん。勝手をした」

顕家の前を辞去するなりで、彦三郎は頭を下げた。詫びは無論、傅役を引き受けたことに対してである。己の先、家の先を考えるなら、勝手に進められて気分の良い話では到底ない。

「気にするな。付き合おう」

だが景久は、ひらひらと手を振ってそれをいなした。

彦三郎の承諾へ、半ば反射的に追従した彼であるが、そののちの友の、平素見せない顔に気づいている。

「昨夜（ゆうべ）の言い口からすれば、父上もこのことはご承知だろう。おまけに初は、兄よりもお前が贔屓だ。するとな、彦。お前にひとりに荷を負わせた場合、オレは父に落胆され、妹に蹴られる羽目になる」

佐々木の家は揃ってお前の味方だとの言い口に、彦三郎はやわらかく微笑した。もう一度頭を下げる。

「――礼を言う」

「うむ。感謝いたせ」

得意げに肩を揺らして、景久は城中の廊下を先立った。目指す先は蘇芳丸の居室である。

かの若君は城中の中庭に建てられた、小さな東屋（あずまや）にひとり暮らすのだ。余人を近づけぬ暮らしは蘇芳丸の身を守るためもあろうが、それ以上に孤独、孤立を連想させる佇（たたず）まいだった。

「時に井上殿とは、どういう御仁なのだ？　娘にそうした真似をさせて、なんとも思わぬお人なのかね？」

　大股の、しかしほとんど音のしない歩を重ねながら、右隣へ追いついてきた彦三郎へ尋ねる。さすがに他人の耳のある場ゆえ、もちろん潜め声である。

「言うなれば、そうだな。己の領分に該博であるのみならず、当意即妙の知恵が回る人物だ。遊び上手、好かれ上手の類だな。人を率いて、未踏の航路の舵取りができる」

「池尾彦三郎と同じ種類か」

「俺は箍さ。締めつけるばかりの嫌われ者だよ」

　自虐ではなく確信に満ちた言いように、景久は鼻を鳴らした。

「口うるさいと疎まれようとも振る舞いを見守り、掣肘する労を惜しまない。人をまとめ、形を崩さぬようにするには、そうした人間が必要だろうとオレは思うが」

「そう言ってくれるのはお前くらいのものだ」

「いいや。父上に初に先生、それにおりん殿も同意してくれるに違いない。道場の連中も少なからずで、どうだ、そう考えれば随分な頭数ではないか」

「まったく、困った道理だな。俺の負けだよ」

　胸を張る友人の肩を、彦三郎は困り顔で軽く小突く。

「話が逸れたが、井上殿だ。昨日も少し触れたが、かの御仁は下の手綱を握らない。好き放題に蠢動させる。それが功を奏さば褒め上げて我が手柄とし、しくじりを犯さば当人の責と切り捨てる。ちぐはぐをする、と述べたのはこのあたりのことだな。御前の件もこれに類するだろう」

「なるほど。尻尾切りのようで好みではないが……まあ、直接の面識がない相手の是非善悪を語るは愚だな」

景久が顎を撫でるのと、彦三郎が「景」と小さく呼びかけるのとはほぼ同時だった。友の声に目を上げて、景久は行く手より女人の一団が来るのを認めた。

まるで大名行列のように周囲の者々を平伏させて進む彼女たちの中心に位置取るは、まさに鷲尾御前に他ならなかった。

本来は奥向き座すはずの御前だが、彼女は別段用件もなしに腰元を引き連れ城内を練り歩き、気の障りあらば人を呼びつけ声高に誹るを常としていた。己が一門の権勢を見せつけるのみならず、自身が人の上に立つと誇示するを好むがゆえにする仕業である。女人衆はまだいささか遠い。が、このまま歩めば必ず行き会う方角に位置していた。

景久が去就を目で問えば、「ゆこう」と即答が返った。頷き、歩みを再開する。

やがて鷲尾御前の一行も、景久らを察知した。

腰元たちの視線が注いだ。行く手を開けてひれ伏すが当然という傲慢の挙措は、しかし平然と進みくるふたりを見て戸惑いへ変じる。

前に出て叱責しようという素振りを見せた女がいたが、別の者に引き留められた。何事かを耳打ちし、目で彦三郎を示している。女行列のうち幾人かが、池尾の首魁たる彼を見知っていたに違いなかった。なにせ彦三郎は顔が良い。同道の景久とは異なり、一度会った人間に忘れられることがない。

煌びやかな一団は応対に困り立ち止まり、だがその中から、ずいとひとりが進み出た。

それは炎のような女だった。昂然と胸を張り、背丈にかかわらず誰も彼もを見下す風情である。その眦は鋭く勝ち気で、人を萎縮させずにおかない。

人は燃えるような眼差しに射貫かれて、数瞬その瞳の虜となる。だから視線の呪縛が失せたとき、おおよそが感嘆を漏らすのだ。その目以外も天上の匠の手になるかに美しい、この女の面に魅せられて。

傲岸なまでの自尊と、天与の美貌。双方が絶妙の均衡を取って生まれる、計算され尽くした絵画のような秀麗。それを備える者こそ鷲尾御前。井上寿葉その人である。

しかしながら彼女の強烈な女性は、景久たちに少しの感銘も与えなかった。景久はただ一瞥のみで興味を失したように目を外し、彦三郎は身内には向けない冷めた微笑を口元に浮かべ、ともに軽く会釈を送って行き過ぎんとする。

「待ちゃれ」

眉を逆立て、不機嫌を露わに鷺尾御前はそう呼び止めた。仕方なく足を止めたふたりを、値踏みのように凝視する。たっぷりふた呼吸ほど置いてから、鼻で笑った。

「そなたらが、新たな蘇芳丸の傅役か。殿もご苦労をなさること」

景久と彦三郎が傅役の任を受けたはつい先ほどのことだが、清兵衛や外記よろしく、顕家の腹積もりは知る人ぞ知る秘密である。そうした筋から漏れた情報なのであろうが、だとしても耳の早いことだと彦三郎は顔を顰めた。顕家に近しい場所に口の軽い人間が、あるいは藩主よりも盛隆を上位と考える者が侍る証左である。殿の気が弱るも道理と痛ましく思った。

「無駄なご苦労は池尾様もでしたわね。時流を読んで、大人しくなさっていればよろしいのに」

袖で口元を覆い、嘲りの色濃く御前が囁く。

「もしくは、早く父の下風に立つことです。懐に飛び入った窮鳥を救う慈悲は、わたくしにもあるのですから」

彦三郎の端整な面を眺め、意味ありげに続けた。周囲からついのざわめきが漏れる。このまま池尾と井上、両派閥の本格的な対立が起きるのではと臆したのだ。ほどよいぬるま湯に暮らす小人にとって、正面衝突は如何にもまずい。

が、不穏の予想に反し、彦三郎はなんの波紋も見せなかった。白皙に相変わらず微笑を湛え、静かな眼差しを鷲尾御前に返すばかりである。

彦三郎の様子を察知して、景久は額を押さえた。友人のこの目つきは、完全に心証を害された折のものである。子供時代、景久や初名に迂闊な悪口を叩いた同世代が彼の舌鋒に泣かされるのを、幾度となく目撃していた。戯れを除いて彦三郎に舌戦を挑んではならぬとは、景久の感得した世の真理のひとつである。

「これはこれは。困った浅知恵を口にするものです」

案の定、彦三郎の語調は氷室から出る風のごとくである。口が立たぬなりに割り入ろうとしていた景久は、遅きに失したと天を仰いだ。

「浅知恵と申したか」

たちまちに鷲尾御前が食いついている。白い肌に怒気による朱が差して、いっそ艶やかなありさまだった。

「彼らが従うのは権勢です」

ぐるりと御前周りの腰元を、そして遠巻きの野次馬を見渡してから、彦三郎が言い放つ。

「そしてそれを手にするはあなたではない。我らが殿であり、あなたの父君だ。そこを履き違えるご様子にて、お諫めしたまでのこと。ご存知か。そうしたさまを虎の威を借る狐と申すのです。図に乗って威を借る女狐は、いずれ猟師に狩られましょう」

　彦三郎には、派閥の長として守らねばならない体面がある。それゆえ迂闊に退きも譲りもできはしない。しかしそれを差し置いたとしても、あまりにあからさまな発言だった。

「傅役の件をご承知とは大変結構。では結構ついでに、殿が御自ら我らを蘇芳丸様につけたその意味を咀嚼されるがよろしいかと」

　こうも無礼な物言いを受けた例がなかったのだろう。鷲尾御前は柳眉を逆立て、手中の扇を壊さんばかりに拳を握る。

「ああ、中身のない、感情任せの反論は結構です。忠言が耳に痛いとは世に知れたこと。激昂するその前に、自分が何を指摘されたか熟慮ください」

　だが激情が言葉となって口を出るその前に、彦三郎が水を差した。

「この、このわたくしに……」

　肩を震わせ、しかし鷲尾御前は踏みとどまった。ここで瞋恚を発露すれば、彦三郎に痛いところを突かれたと認めることになる。

　ひとつ大きく息を吸い、彼女は矛先を景久へ転じた。

「池尾彦三郎がこうまで増上慢とは、そなたも知らなかったであろう？　このことは殿に必ずお伝えします。そなたが立場を悪くしたくなければ、早々に役目を辞退し、池尾から離れることです」

逆らえば、将来と家に累が及ぶを暗示する猫撫で声だった。彦三郎を手強しと感じ、昼行灯めく景久から切り崩さんと試みたのだろうが、無論、これこそ浅知恵である。

「その男の名は、佐々木景久ですよ」

物を知らないのは哀れなことだ、とばかりに、彦三郎がこれ見よがしなため息を吐いた。佐々木景久と言えば、孤立無援の池尾を救った秋月の剣豪。その名は池尾彦三郎の刎頸の友として、今や藩に知らぬ者がない。それをわずかの言の葉だけ手懐けようなど――無理無謀もいいところだと、その目が如実に告げていた。

「おい、彦。あまり女人をいじめてやるな」

いい加減見かねた景久が彦三郎の袖を引く。小さなその囁きが、しかし耳に届いたのだろう。鷲尾御前は射殺さんばかりに目で景久を睨んだ。

助け舟を出したつもりが不興を買い、景久が正直に困り顔をする。その所作に軽く笑みを見せてから、彦三郎は鷲尾御前に向き直った。

「余計な時間を取ってしまいました。そろそろ通していただけますか」

声と同時に、腰元たちが一斉に行く手を譲る。動かぬは御前ばかりだ。

「我々は、これより蘇芳丸様にご挨拶申し上げにゆくのです。殿のご下命を果たしに参るのです。それを妨げる道理がおありか？　あると言うなら、是非お聞かせ願いたいものだ」

ぎりぎりと、鷲尾御前は歯噛みする。彼女も井上盛隆も、藩主顕家に仕える身分が建前である。対立する派閥を貶しはできても、顕家への不忠は公言できるものではない。それでも鷲尾御前は意地を通そうと踏みとどまった。

「傅役などいくら代えても無駄なこと。蘇芳丸の天賦など、亀童丸の足元にも及ばぬのですから」

どうにか反駁を絞り出すと、そこへ新たな声が加勢した。

「そうです。兄上など、何もできない出来損ないなのです」

声の主はひとりの少年だった。左右に割れた腰元たちの間から飛び出し、御前の隣にぴたりと寄り添う。

兄上との言いよりすれば、彼が亀童丸であろう。幼さを加味してもきんきんと甲高い、女のような声をしていた。あるいは母を真似るのやもしれない。

我が子から力を得、昂然と彦三郎を睨み直した鷲尾御前であるが、彦三郎を阻むそのふたりへ、ぬうと進み出た者がある。言わずと知れた景久である。

思わず、鷲尾御前は退いた。亀童丸も連れて後退する。数瞬前昼行灯と断じた男に、無形の恐れを抱いての動きだった。それは秋月の剣士として彼を知るから生じたものではない。猛獣を前にした折の、本能的な恐怖だった。

声も発さず、景久はその横を行き過ぎる。やれやれと肩を竦め、彦三郎がそれに続く。誰もふたりの背を追わなかった。言葉ですら追えなかった。

「なんだね、彦」

「なあ、景」

女衆の姿が遠ざかったところで、景久は足を緩める。

「お前、あれをどう見た？」

「ふむ、そうだな」

少し考えてから、彦三郎は答えを返す。

「あれは見目麗しく拵えた――」

「拵えた？」

「泥団子だ」

遠目にはよく見えれども、到底口にできたものではない。そのような言いである。

「なるほど、言い得ている」

頷きながら、景久の面には不機嫌の色が濃い。

「どうした。随分と急に御腹立ちではないか」

佐々木景久がこうも他人に辛辣なのは珍しい。彦三郎が案じて友の顔を覗くと、景久は首を横に振り、悲しげに眉を伏せた。

「腹も立つさ。蘇芳丸様と亀童丸様が、日夜あれを聞かされているのだと思えばな」

斯様な言葉は、人の心の成長を害するものだ。器にひびを入れ、目と耳を塞がせるものだと景久は考える。

歪んで育った亀童丸と、まだ見ぬ蘇芳丸の見えざる傷を思い、景久はもう一度首を振った。

＊

その夕べ。景久と彦三郎の姿は、常のごとく佐々木家の縁側にあった。

梅に見下ろされ酌み交わすふたりの間に、しかし平素の闊達な空気はない。どちらも、蘇芳丸のことが念頭にある。

『佐々木景久と池尾彦三郎か。父より話は聞いている』

東屋で対面した御辻藩の若君は、そう言ってどこかぎこちない笑みを見せた。

蘇芳丸の在所は手入れが行き届いていた。が、それだけで、どこにも人の気配がない。実に孤独な檻だった。『伝え聞く元就公ご幼少のみぎりよりなお酷い』とは彦三郎の評である。

ゆえに、と言うべきか。蘇芳丸は顕家によく似た少年だった。

顔立ちもあるが、何よりすっかり覇気を削がれたその心のありようが相似だった。この先にどんな良いことも起こりはしないと、そう決め込んだ眼差しをしていた。

けれど不幸中の幸いであったのは、蘇芳丸が景久の武勇伝を聞き及んでいたことである。政治的な配慮も権力的な束縛も蹴り飛ばし、ただ単純に友のために走ったという景久の行いは、身ひとつで運命を切り開く豪傑のものとして語られている。それは、こうした境遇の少年が憧憬を抱くのに、十分過ぎる代物だった。

体験から他者を警戒し、心の距離を取りつつも、蘇芳丸はふたりから実体験の聞き取りを欲した。

察した彦三郎がすかさず語りを引き受け、これをとば口に、ふたりはどうにか若君の信頼を勝ち得たのである。

決して裏切らぬ剣豪という景久の風聞も大きかったろうが、何より少年は会話に飢えているようだった。当初の諦観はやがて鳴りを潜め、訥々とした言葉は奔流のような饒舌に変わって、以降の蘇芳丸は歳相応の振る舞いと明るさを見せ——その変じよう、懐きようこそが景久らの心を痛ませた。真裏に少年の、途方もない孤独が透けたからだ。

蘇芳丸の話が尽きるまで付き合ってから、彦三郎は算学の、景久は庭先で体捌きの指南を施した。今後何をどう教授していくべきかの確認としてである。

　そうして、両名が得た感触は同一だった。

　利発で、覚えのよい子である。思考も太刀筋も、少年らしく素直でまっすぐだ。

　が、自らの答えを示すのを躊躇い、難解への注釈を自発的に求めない向きがある。およそあらゆる能動的行動に迷いを抱くようだった。

　踏み出すことへのためらいは、蘇芳丸の父、顕家とやはり同種のものだった。常に行動を大人たちから試され、酷評されてきた結果の歪みである。お前のすることは全て余計だ、手間を増やすなと睨まれ続ければ、誰とて出す言葉も足も震えよう。それは御辻が抱える、事なかれを是とする悪しき藩風の象徴のようだった……

「若君の周囲には、ろくな大人がいなかったのだな」

　庭梅を見上げ、ぽつりと景久が漏らした。

　蘇芳丸の境遇に対する、偽らざる景久の感慨である。呟くその胸に浮かぶのは、清兵衛や外記の姿である。どちらも景久が敬服し、信じてやまない大人たちだった。

「言っておくがな、景」

　その幻想を見越して、彦三郎が刺した。

「お前の知る大人とは、尊敬できて頼れるものだろう。しかし世にあるのは、そんな人間ばかりではないのだよ。残念ながらな」

　こちらの胸中にあるのは、池尾新之丞のありさまだった。我が父の行動の異質を、彼は今日とっくり見たと感じている。

「むしろ逆だ。力のない者、立場の弱い者に恣意を押しつけ、押し潰す。そういう振る舞いをする親もあるのだ」

「……そうか。となるとオレは、やはり幸せ者なのだなあ」

「それを幸せと感じるところが、お前の美点のひとつだろうな」

「皮肉か」

「褒めたのさ。心底な」

　言って、彦三郎は手酌を干した。

　今日のふたりの周りに初名はいない。

　景久たちが戻った当初は、『傅役なんてご出世ではないですか。どうしてもっと早く仰ってくださらないのです。今からではなんのお祝いも間に合いません！』と憤慨し、珍しく清兵衛までもが叱責されるありさまだった。

　だが賢明な彼女は、兄たちの様子からそれが一筋縄ではいかない仕事と察したらしい。邪魔をせぬよう配慮して、肴を調えたのちは素直に自室に戻っている。

「若君は最初、我々に怯えの目を向けていた。あれは、また自分を脅かす者が来たと感じたからに違いなかろう。つまりあの方の周囲の大人とは、例外なくそういうものであったのだな」

背中側に手を突いて天を仰ぐ友人に、彦三郎は呟いた。

「なあ景」

「なんだね、彦」

「若君の御年からすれば、我々も十分に大人の範疇だと気づいているか」

「ああ、そうか。蘇芳丸様からすれば、オレたちも大人か」

景久が、はっとつかれた顔になる。

「特にお前は、すっかり若君の憧れだ」

「それは勘違いも甚だしいことであるし、大層に面映ゆい。が、しかしそうなると、無様は決して見せられぬなあ」

「うむ」

「うむ」

頷き合うと、互いの酒杯を干した。

彼らの決心はさておき、蘇芳丸に対する周囲の扱いが改まったは、まさにこの日よりのことである。

景久と彦三郎の傅役就任は、二種の異なる解釈を生じた。

ひとつは、藩主が池尾を重用し続ける意向を示したという見方。池尾と佐々木、現在高く謳われる両名を抜擢し、新風を吹き込ませつつ蘇芳丸を嫡子とする意思を表明したというものである。

もうひとつは、長幼の順を無視し、亀童丸を嫡子とするための前段階とする見方。蘇芳丸の側近に名ばかりで経験のない小僧らをつけ、その求心力を衰えさせる。そして周囲の功績を蘇芳丸、亀童丸双方の功として比較し、最終的に才覚の差で亀童丸を跡取りに据えるための一手順であるとする見方だ。

見解の相違は、すなわち亀童丸こそ嫡子という暗黙の了解に疑念が生じたことを意味している。となれば、景久と彦三郎を近侍とした蘇芳丸は、最早粗略にしていい相手ではなかった。

顕家の一手は亀童丸へと傾いた天秤を揺り戻し、見事蘇芳丸を救うに至ったのである。

いまだ当座の状況にしか過ぎぬこととはいえ、顕家が心中、快哉を叫んだことは想像に難くない。

＊

耳に、稽古の音が響いている。噛み合う竹刀と裂帛(れっぱく)の気合、踏み込みの轟(とどろ)き。いくつもが音色のように重なり、一種の活気を形作って秋月道場に漲(みなぎ)っている。

一時は悪い風聞により、門人の足が遠のいた秋月であるが、この頃はすっかり元の賑(にぎ)わいを取り戻している。

それらを聞きながら、秋月外記は茶を啜(すす)っていた。

病状は、このところ変わらずだ。小康を保ってはいるが、快方に向かいもしない。だから手ずからの指南はとんとせず、道場の敷地内にこぢんまりと設けた私邸で過ごしている。置物のように、とは自嘲を含む自称だ。

「なあ、お初よぅ」

「はいはい、なんでしょう?」

延(の)べた床(とこ)に胡座をかいたその外記が、いささか気弱げに呼びかけた。応じたのは佐々木初名である。枕頭(ちんとう)に座すこの娘を、外記は孫のように可愛がっていた。初名もこの愛情を感知してか、彼に大層懐いている。ここへ顔出しに来る回数は、出来の悪い弟子ふたりより余程(よほど)多かろう。

「こうも毎日茶ァ啜ってばかりでは、手前(てめェ)が萎(しな)びた爺(じじい)に成り果てた気がしてくるぜ。たまにはこう、酒(ささ)の方を、な?」

「駄目です」

老人の哀訴に、しかし初名はにべもない。

「大体お酒お酒って、お酒の何がよいのですか。『百薬の長(ちょう)とはいえど、万(よろず)の病は酒よりこそ起これ』ですよ」

「人間、いつも四角四面ばかりじゃいられねェのよ。それに酒の上の話で結べば、笑って済むことだって世間にゃ多い」

「でも失言の責をお酒になするのは、だらしのないことと初は思います」

「耳が痛ェな」

苦笑しては見せるが、外記は底なしである。いくら痛飲しても潰れた例がない。そもそも酒量を弁えて、自分を失うほどに過ごさぬのだ。景久や彦三郎の飲みようは、彼を手本にしたものだった。

「それに、外記様にはうんと長生きしていただかないとですから。外記様に何かあったら、初は大いに泣きますからね」

「そうだなァ。ま、おれもおまえの花嫁衣裳ぐらいは見ときたいもんだ。そうなるとおまえ、この頃彦の字とはどうなんだ？　もういい加減、並(なら)べ枕の仲にはなったか」

「……嫌な外記様！」

つむじを曲げて、ぷいと初名は他所を向く。

「池尾様はこのところお役目が忙しいのです。兄上もお城とおりんさんのところを行ったり来たりで、居着かないったらありません」

「なんだい、お初。おまえ、景も彦も他所へ盗られて悋気かよ」

「ちっがいます！」

口を尖らせる初名に、「そいつはすまなかった」と外記は剽げた詫びを入れた。

景久と彦三郎を傅役に推薦してより半月、ふたりは真面目に任じられた役目を果たすようである。だが彼らの頑張りのぶんだけ、両名が佐々木の家にいる時間は減じたはずだ。それが初名に寂しさを味わわせたのなら、まさしく自分の責に他ならない。

「へェ、どう違うんだい？」

そう思いつつも、すぐさまからかいを挟むのが秋月外記の悪癖である。

「初は、ええと、兄上にそんな立派が務まるのかと案じるだけなのです。本当にちゃんと役に立っているのか、はらはらしどおしです」

くつくつと人の悪い笑みを返しつつ、外記は初名の頭を撫でた。

「そこらは安心しなよ、お初。おれはなァ、手習いもまだの餓鬼に帳面をつけさせる真似はしねェんだ。できると思うから推したのさ」

「でも、このところの兄上は……」

「初手から万事遺漏なくこなせる人間なんざありゃしねぇさ。まず手前に何ができて何ができないか、それを知る方が肝心だ。そこを踏まえて泣きついてくるなら手ェ貸すが、それまでは口も何も挟まねェよ。彦三郎は肩の力の抜き方を、景久は背伸びの仕方を、いい加減学ぶべきだからな」

突き放すような言い口だが、それが外記の人生観に基づくものとは初名にもわかる。黙って、撫でられるに任せた。

「剣にしろ何にしろ、名が上がると鬱陶しいのが湧くもんだ。特に悪口を叩く連中の声は大きい。世間が嫌になる。だけどもよ、そういうのの他に、純粋に背中を追っかけてきてくれる奴ってのも現れるのさ。憧れだの、尊敬だのを湛えてな」

ぽんと軽く初名の頭を叩いて撫でくりを終いにすると、外記は天井を仰ぐ。

「そういうののために、そういう心持ちを損ねねェために、面倒でも追われる側は背筋を伸ばして胸を張ってやらにゃアならん。だってのに景の字ときた日にゃあ、手前は期待されないもんだと決め込んで、なんの苦もなくのんべんだらりと過ごしてやがった。背伸びするうちに本当の丈も伸びるもんだと、少しは身に染みりゃいいのさ」

言って視線を初名に戻し、外記はまた悪童のごとくその目を煌めかせた。

「ま、景久のことは向野屋の娘御に任せときゃいい。それよりもお初。話は戻るが、彦三郎とはどうなんだ？」

「外記様！」

猫のように毛を逆立てる初名に、ひらひらと外記は手を振る。

「兄貴を気にするよりも、おまえはおまえのことをしなきゃならねェよ。おまえたちの縁は、確かに景の字が始まりだ。だが、もうあいつを言い訳にする必要も、あいつの世話焼きする必要もないだろう。景久もそうだが、彦三郎はより真面目が過ぎる。なんとか手を打ってやらねェと、直にぱちんと弾けちまうぜ？」

「………」

親身が知れる外記の言葉に、初名は珍しくも神妙にした。

そもそもこの老剣豪には、『彦さま、彦さま』と後をついて回った頃を知られているのだ。今更誤魔化（ごまか）しようもない。

「でも。でもですよ、外記様。池尾様は兄上と違ってご立派な方です。なんでも知っていて、なんでもできて。初なんかがそのお役に立てるでしょうか」

家族や親しい者に見せる明朗さは影を潜め、自信なげに初名は呟く。

「自分を好いてくれる人間ってのは、彦三郎のようなのにとっちゃ一番の利得さ。それに、言ったろうがよ、お初。おれは餓鬼に帳面はつけさせねェ」

萎(しお)れる娘に、外記はにいと笑みかけた。

「目を開けているだけでは、物を見たことにはならん。まだ若造だから仕方のねェところだが、彦の字の方はそこを履き違えてやがる。だから、おまえがその見識を正しておやり」

またしてもきゅっと口を噤(つぐ)み、初名はもじもじと我が手を合わせる。そうして、口を開こうとしたそのときだ。

「なんだ初。お前こんなところにいたのか。間の悪いことだ。早く帰れ」

口を挟んだのは、ぬっと姿を現した景久である。

「なんだとはなんですか兄上は藪(やぶ)から棒に！」

間が悪いのはおまえだと、外記は眉根を押し揉んだ。お陰で初名の本当のところを、自分で言わせそびれたじゃねェか。

「というか、兄上は初を邪魔者扱いですか。ふーん、へーえ、そうですか」

「そうではない」

「じゃあどうなんですか」

そんな外記を他所に、兄妹は益体もない言い争いを続けている。

「すぐ帰れというのはだな、彦がお前に用件があるとうちへ向かったからだ。道場前で別れたばかりだから、すぐに追えば追いつくだろう」

「どうしてそれを早く仰らないのですか！」

「お前が話を聞かな……」

「外記様、お聞き及びの通りです。初は火急の用ができてしまいました。本日はこれにて失礼させていただきます。もし何事かございましたら、後はそこの兄上になんなりとお申しつけくださいまし」

外記へ頭を下げてから一陣の風のように駆け出す初名の背を見送り、景久が深々とため息を吐いた。

「妹がまた、ご迷惑を」

「迷惑なんざ何ひとつねェよ。それよりおまえ、ちょいと面白いことを言ったな。彦がお初に用件だって？」

頭を下げる景久を制し、興味津々の体で外記が訊ねる。すると景久は実に可笑しげな顔をした。

「はい。実を言うと彦は、この頃思い悩んでおりまして」

「ほう？」

「あいつ、自分は人に好かれないと言い出したのですよ。あれだけ才知があって顔も良いくせに、まったく馬鹿なことを」

景久からしてみれば、彦三郎は中身も外見も整った、この上ない人間である。ゆえに彦三郎の懊悩を、愚問としか感じていない。

「ただその根は、若君との関わりにあるようなのです。ありがたいことに蘇芳丸様は、オレに親しく接してくださいます。ちょうど友人のように。ですが彦は、どうも一線を引かれた感を覚えるようで。お前にばかり気の置けない顔を見せるではないかと痴愚を申すのです。それは傅役として、師として敬するからに違いないというのに」

「朴念仁が」

「まったくです」

思わず漏らした師の言いが、誰を対象としたものとも気づかず景久は頷く。

「数日うじうじとしておりましたので、今日は尻を蹴飛ばしてきました。それほど人に好かれたければ初に訊け、と。あれは誰にでも物怖じしませんし、誰にも好かれますから」

「……朴念仁が」

「？」

首を傾げる景久を、仕方のない奴だと外記は笑った。弟子というのは、手がかかるほど可愛いものだ。

「まあ、いい。ちょうどおれも嗾けたところだ。おまえのも折よい焚きつけになったかもしれねェ」

「初に、何か吹き込まれたのですか」

「ああよ。爺はせっかちなのさ。事の成り行きを大人しく待てねェ。もう、老い先短けェからな」

「ご冗談を。先生は、きっとオレより長生きしますよ」

なんの気なしに応えた景久は、今度こそ外記に睨まれた。

「景久。おまえ、それを本当にしやがったら、獄門じゃあすまさねェぞ」

「――愚昧を申しました」

それでようやく失言と気づき、景久は深く頭を下げる。

「まったく、若ェのにできるだけを残そうって年寄りの善意だぜ。ありがたく受け取りやがれってんだ。で、今日はどうしたよ」

傅役についてから、景久の足は再び道場から遠のいていた。これまでにない経験を重ねる最中であるから、それは致し方ないところだ。

だが狙ってさせた背伸びであり、まだ半月の時間ながら、「それでもたまには顔を出せ」という拗ねが外記にはある。

「はい。実は先生の善意に、甘えに参りました」

もちろん景久は、師の微妙なささくれには気づかない。言葉に出たものにだけ答えて、もう一度頭を下げた。

「折り入ってお頼み申し上げたいことが、みっつばかりございます」

「言ってみろ」

外記が促すと、もう願いが容れられたような笑顔で景久が顔を上げる。

「まずはですが、蘇芳丸様ほどの年頃の者に適した稽古法をご教授願いたいのです」

「うちにも洟垂れどもがいるだろう。あいつらと同じに扱えばいい」

実にざっくりとした助言に、しかし景久は首を横に振った。

「ええ。でもあいつらには、ちゃんと帰る家があります。若君にはそれがない。安心して自分を見直せる場所と関わりがないのです。おまけに蘇芳丸様は、オレを憧憬の目でご覧になる。そうした相手への教えは恐ろしいです。小さな芽を、自分が誤った方角へ捻じ曲げたらと考えると、怖気が止まりません」

父も、かつてこのような心地を味わったのだろうかと景久は思う。無類の大力を生まれ備えた自分は、実に厄介な子であったはずだ。

「ようやくそこへ着いたかよ。なら、まだおまえが熟慮を巡らす領分だ。口で答えは教えてやらねェ。道場へ行くぞ」

言うなりに外記が立った。羽毛のような身軽さだった。

「久方ぶりで稽古をつけてやる。剣なら、まだおまえに教えられることがありそうだからな」

「ですが先生、お体に障るのでは」

「殊(こと)この道で、おまえがおれの障りになれるかよ」

案じる弟子に呵々大笑(かかたいしょう)を浴びせ、外記はまるで聞くものではない。景久を引き連れ上機嫌で道場へ出ると声高に言ってのけた。

「今からこいつを打ちのめす。おまえらちょいと場所を開けろ」

わっと注目が集まったのは言うまでもない。

病床の師が稽古場に出座したのもある。だが何より景久だった。

半年前は道場の恥かきとされていた彼は、今や実力筆頭の扱いである。おまけに若君の傅役という大出世まで遂げていた。関心が向くのも当然と言えよう。

「防具は要らんだろう。構えろ」

無造作にふた振りの竹刀を取り、一方を景久に投げ渡す。そして外記は自らも正眼に構えた。

途端、しんと水を打ったように、道場が静まり返る。

痩(や)せた老人の体から目に見えぬ何かが放射され、大気を張り詰めさせたのだ。見物気分で輪を作った門弟たちまでもが凍りついていた。迂闊な身動きをひとつでもすれば、たちまちに斬り捨てられる。誰もがそんな錯覚をしていた。

最も強く、そして凄まじく外記の剣気を受けたのは、当然ながら対峙する景久だ。強風が打ち当たったかのように、一瞬呼吸が困難になる。

それでも状況を打開しようと前に出た。小手、と狙いを定める。

ただ構えるだけの外記に気圧される現状を、まず打破するつもりだった。身に打突が迫れば、如何に秋月外記といえども防ぐなり、躱すなり、動かざるを得まい。そこを及ばぬながらも梅明かりで読み切って――

「小手でいいのか？　払って、喉を突くぞ」

見透かしたように、外記が告げた。否。実際に見透かしていたのだろう。思わず景久は飛び下がる。息を詰め、下段へ竹刀を動かした。

「首を空けて突きを招き、捌いて面か？　摺り上げて胴といこうか」

「っ！」

だがまたしても、外記の言葉が先んじる。思念の悉くを言い当てられ、景久の体が硬直した。

「どうしたい。来ねェなら、こちらから行くぜ」

その隙を逃さず外記が進み出――それからの展開は、ただ一方的なものだった。

右脇。右小手。左脇。額、また喉、鳩尾。

外記は己が打つ箇所を次々に宣告する。景久の観法も、それを偽りないものと感知する。が、ひとつも防ぎが間に合わない。

攻めも守るも、あらゆる行動を事前に読まれ、どうする間もなく制されている。

悪い夢の中にいるようだった。我が体が、我が物ではないかのようだった。どれだけの膂力が景久にあろうと無意味なのだ。それを発揮できぬよう、五体を外記に操縦されている。

心中に兆した念を刹那に察して先を取る、まさに梅明かりの秘奥だった。

竹刀同士が打ち合う音などひとつもしない。ただ外記の刃風だけが鳴り響く。ゆるりゆるりと緩慢に見えて鋭いその剣は、艶めく舞のようですらあった。

しかも外記の竹刀は、確かに触れた感触を残しながら、青痣どころか肌に赤みひとつ生じない。この上なく手加減されたものであり、生殺与奪を誰が握るかを明らかにするものだった。

もしもこれが真剣であったなら、刃を噛み合わせることすらもできずに景久は切り刻まれていたことだろう。

武の深淵に触れたと景久は思い、門弟たちもまた、感嘆の表情のままそれに見惚れた……

れ通しでした」

「……とまあそういった具合で、先生が『終いにするか』と申されるまで、自分はただ打たれ通しでした」

そう語る景久に、恥をかかされた、小馬鹿にされたという認識は一切ない。彼の中に湧き起こったのは純粋な歓喜だった。外記先生はこれほどの境地に至るのだと、跳ね回って触れ回りたい心地だった。

「しかもそこで初めて気づいたのですが、先生は汗ひとつ掻いておられなかったのです。オレなどはもう、冷や汗で濡れそぼるありさまであったというのに」

「さすがは佐々木様の先生、と申すべきでしょうか。剣に疎い私には、上手い賞賛が見当たりません」

*

夕日が差し込む向野屋の奥座敷で、ひたすらな師の賛美に耳を傾けるのは、淡く笑みを湛えたりんである。

身振り手振りを交え、少年のように頬を紅潮させる景久を、彼女は可愛らしいなと眺めていた。自分でも困ったことに、嘘偽りのない上機嫌だった。

恋情とは、激しく燃え上がる心のさまだと想像していた。だが、そうではないのだと気づかされた。敬慕する人物の素晴らしさに目を輝かせる景久を見ていると、静かに強く、どうしようもなく、自分はこの人に惹かれているのだと思い知る。当人もまた自分に好意を抱いてくれるふうなのを、眩暈のように幸福に感じる。

つまるところ、余人には辟易ものの景久の長広舌は、りんの耳に名人の謡いめいて響いている。あばたもえくぼの類であり、思い出に裏打ちされた視野狭窄と呼んで間違いがない。

「ただ自分にはわからぬことがあるのです。それで、おりん殿のお知恵を拝借したく」

「はい、なんでしょう」

存分に熱弁を振るい終えた景久は、改まって言葉を続けた。

「先生と稽古に至るまでの経緯はお伝えした通りです。口で答えは教えぬと仰る以上寓意あることとは思うのですが、恥ずかしながら読み解けず……」

悔いるように打ち明けられたりんは、おとがいに人差し指を当ててしばし考え、やがて静かに口を開く。

「おそらくですけれど秋月様は、ご自身を尊敬に足るものと考えていらっしゃらないのだと思います」

「まさか！」

思わず声を上げる景久に、りんはゆっくり首を振る。

「佐々木様が知る秋月様は、佐々木様の理想を損ねぬように、精一杯大きく見せてくれた背中です。ひとつの行き先を示してくれる道しるべです。手取り足取りで教えなくとも、憧憬があれば人はそれを追いかけます。真似て、学ぼうとします。夢とは足を進める強い心の働きです」

「では先生はオレのために無理をして……？」

「はい。そしていいえ。佐々木様に稽古をつけるのに、いささか無理はされましたでしょう。けれどこれまでの事柄に関しては、きっといいえです。毎日走り続ければ、体はいずれそれに慣れます。そして前より速く、遠く駆けることができるようになります。秋月様の張られた虚勢は張子ならず、やがて中身が満ちる類のものだったのではないでしょうか」

「……」

何を言ったらいいかわからず、しかし景久は堪えきれずにもごもごと口だけを動かした。それを予想していたか、「得心いかれませんか？」とりんがすぐさま訊ねる。

「すまないが……うむ」

「秋月様も、生まれたときからあの御年であったわけではありませんよ」

「確かにその通りではあるのだが、なんと申したものか……」

咎めるではなく、りんはわずかに笑んだ。

「ではこう申しましょう。秋月様は、佐々木様の憧れなのですね？」

「それはもちろん。届くかどうか知れないが、志したくは思う」

はい、と頷くと、りんは話を先に進める。

「同じように、佐々木様の背を追う人たちがいます。たとえば、蘇芳丸様」

「む」

「佐々木様はその憧憬を無下になさいますか？　なさらないでしょう。秋月様もきっと同じです。佐々木様に慕われたから、その理想の形であろうと励まれたのです。そして見事に、今も佐々木様の道しるべであり続けていらっしゃいます。こうしたものは双方向性なのだと、私はそう思います」

「そうか。そういうことが、オレにも一度はちゃんとできたのだものな」

思い返す風情の景久を、りんはじっと見つめる。やがてその目が、悪戯っぽい光を浮かべた。

「申し上げるまでもないことですけれど。私にとっては、もちろん。景久様が、憧れですよ」

「その物言いは、少々……」

弾かれたように景久は顔を上げ、言い淀む。

「少々、なんでしょう」

「卑怯であるかと存じ上げる」

仰々しい物言いに、両手で口を隠してりんはまたくすくすと笑った。

「本当は迷ったのです。秋月様はこの謎かけを、佐々木様に解いてほしいのだろうと思いましたから。でも狡いこととわかった上で、しました。だってずっと秋月様のお話ばかりで、いささかならず妬けたからです」

「む、む……」

しどもどと赤面し、やがてその挙措が男らしからぬと断じたのだろう。景久はぴしゃりと己の頬を両手で打った。

「おりん殿」

「はい」

「面映ゆく、切り出しにくく、先生の話を先んじてしまった。だがオレは今日、本来違う話をしにきたのです」

両膝を揃えて座り直し、景久は言葉をまとめようと唸った。急かさず、りんはそれを待っている。

「この頃、養子縁組の話が多くあると聞きました」

「……ご存知でしたか」

輿入れの決断を迫るような格好になるからと、父と協議してこのことは景久に告げずにいた。だがそのような話が、内々にいくつも持ち込まれたのは事実である。

中には、『行儀作法を仕込んで、娘を佐々木の家に釣り合うよう仕立ててやる。代わりに借財を棒引きにしろ』などという手合いもいて、庄次郎が証文を悪辣で知られる他所へ売り渡してやろうかと息巻いたほどだった。

「オレは、血も知恵も巡りの悪い男です。とんだ不肖だ。こうしたことへも一向に気が回らない。だがもし、おりん殿がそんな男でもよいと仰ってくださるのであれば」

ごくりと、そこで景久は唾を飲んだ。真剣での斬り合いの方が、余程恐ろしくないと思う。

「本日、先生から許しを得て参りました。よろしければ、秋月外記の養女になってくださいませんか。それからうちへ……おりん殿？」

外記へのふたつ目の頼みについて告げる声が上ずったのは、りんの両目からぽろりと涙が零れたからだ。

泣くほど嫌な申し出であったかと動転した景久であったが、彼が膝立ちになる前に、「はい」とりんが頷いた。両の手を胸に重ねて当てて、幾度も彼女は頷いていた。

「はい。父に報告をして、後日秋月様へお話に参ります。きっと、そのように致します」

袂の露をそのままに、くしゃりと彼女は微笑んだ。見惚れた景久がやがて不躾に気づいて視線を外し、りんも含羞から目を落とす。そのまま、どちらも言葉がなかった。

俯いたふたりの顔は、差し込む夕暮れの色ばかりでなく赤い。

*

翌日。手荷物を抱え浮かれた歩様で蘇芳丸の下へ出仕した景久は、既に彦三郎の背がそこにあるのを見つけた。

声をかけようとして、その面にどこか晴れやかなものがあるのに気づく。

昨晩、庄次郎を含めての話し合いを終えて帰宅した景久は、残念ながら彦三郎とすれ違う形になってしまった。ために友の首尾を訊くことも、己の慶事を伝えることもできなかったのだが、どうやら期待通り、初名が功名を成したものらしい。昨夜の妹が奇妙にはしゃぎ、いつも以上にこちらの話を聞かなかったのはそういうことであったのだろう。

「来たか、景」

「うむ」

まずは蘇芳丸に一礼してから彦三郎に応じ、景久は畳に端座した。どうやら自分の到着を待っていた様子である。ならば何某かの切り出しがあるだろうと、耳を傾ける姿勢だった。

「蘇芳丸様。申し訳ございませんが、彦三郎はしばし御前を離れたく存じます」

「それは、一時的なもの……であるのだな?」

問い返す少年には、見捨てられ慣れた不安がある。彦三郎は慌てて手を振り否定した。

「お家に関わることゆえ、多くは申せませぬ。ですがこれも殿と若君がため。手前は蘇芳丸様が傅役なれば、この件を果たしたのちは、必ずここへ舞い戻りましょう」

「わかった。ならば許す。仔細は聞かぬが、頼むぞ」

「はっ」

彦三郎の返答に、蘇芳丸が無邪気な安堵を顔に浮かべる。平伏の姿勢から戻った友へ、景久は片目を瞑ってみせた。

――蘇芳丸様より、ちゃんと信を賜っているではないか。

込めた意図は正確に伝わったようで、彦三郎は照れたように、しかしくすみなく笑った。

我が妹もたまには役立つ。今度酒饅頭を持ち帰ってやろう。そんなことを景久は思う。

「景。その間、蘇芳丸様を頼むぞ」

「うむ、任された」

実を言えば景久は、彦三郎が何をするつもりか聞き及んでいる。

彼は若君の教育のためと称し、大手を振って鷲尾銀山周りの、延いては井上一派の情報を集めるつもりでいるのだ。

　それは権勢を得た若輩の、図に乗った所業とも映るだろう。が、これを妨げられる者はないのだ。

　調べを遮られたなら、彦三郎はその者へ問いかけるのだ。「蘇芳丸様と亀童丸様、どなたが後継とお思いか」と。

　無論尋ねられているのは、額面通り子供ふたりの素質ではない。池尾につくか、井上につくかである。事なかれ主義の小藩で過ごしてきた人間のほとんどが、これに答える胆力を持つまい。ただ顔を伏せ、彦三郎の行く手より去るばかりとなろう。

　加えて井上閥も、今や一枚岩ではなくなっている。顕家の一手は、想像以上に彼らの地盤を穿(うが)ったのだ。

　顕家が二児のうち、どちらが嫡子となるか知れなくなったこの状況で、明確に池尾への敵愾心(てきがいしん)を見せられる者は多くない。特に探り手が池尾当主たる彦三郎となれば尚更だった。

「だが忘れるなよ、彦」

「ああ、忘れんさ。事あらば必ずお前を頼る」

　それでも危うきがありもしようと案じる景久に、彦三郎は快諾を返す。

「あの一件で、お前を蚊帳(かや)の外にすればどうなるか思い知ったからな。もう、間違わんさ」

笑って互いの胸を叩くふたりに、「仲が良いのだな」と蘇芳丸が思わず零した。寂しげに、羨ましげに。

「竹馬の友ゆえ、気心が知れています」

「おい、景」

あまりに配慮しない物言いに、彦三郎が景久を制する。だが彼は頓着せずに先を続けた。

「実は某も、本日は変わり種の提案を持ち込んでおりまして。蘇芳丸様も、友を作りに参りませぬか」

「どういう話だ、景久」

興味津々に身を乗り出す若君の前に、景久は手荷物を広げて見せた。中から出たのは木綿の羽織袴。町人用の着物である。

「蘇芳丸様に合う仕立てのはずです。本日はこれに装いを変え、武者修行に見参しましょう」

「そうか。先生の許しが出たか」

「うむ」

事態が飲み込めずまごつく少年を尻目に、ふたりは企み顔を交わした。

景久が外記に頼んだみっつ目のこと。それは密かに城を抜け出してする、秋月での忍び稽古であった。

無茶な発案は、無論景久によるものだ。

彦三郎が佐々木の家に逃げ場を作ったように、若君にも息抜きの場を与えればよい。彼はまず、単純にそう考えた。それが藩の武芸指南役たる秋月外記の道場ならば、ますます問題なかろうとも考えた。

次いで彦三郎に腹案の是非を問い、幾度か練り直した末にようやく、『先生の許しがあれば、後はまあなんとかしよう』とお墨付きを貰い受けた。以来計画実現のために奔走し、これがとうとう実を成したのが昨日だったというわけである。

とはいえ、藩の跡継ぎ候補を秘密裏に連れ出すのだから、本来気軽にできる行いではない。正規の許可を取りつけるべきと、聞けば人は言うだろう。

だがそうすれば、安全面よりも保守的な心地からの横槍が入るのは目に見えていた。

――より一層の稽古を欲するならば、外記自身を城に呼びつければよいではないか。

――そもそも秋月の秘蔵が傍に侍るのだ。それで十二分ではないか。

――町人ばらとともに剣を学ぶなど威風を欠く振る舞いではないか。

――第一、蘇芳丸様がそのようなことを本当にお望みであろうか。

斯様なお為ごかしの掣肘が、景久にも容易に想像できた。

これらの反対意見は、確かに一理を備えている。殿様芸として剣を学ぶならばそれでよかろうと景久も思う。

だが違うのだ。景久が用意したいのは鍛錬の場ではない。ともに学び、競い、笑い合う交わりである。ただ一度で彦三郎のような友を得るは叶わなくとも、そうしたものが築けると伝えることは無意味ではない。

良い思い出は、人生という道行きで足を支える力となる。薄暗く当てのない行く手のしるべとなる。景久はそう信じて疑わない。

「その、景久。話が見えないのだが……」

戸惑う蘇芳丸の声に、これはしたりと景久は平伏した。

「実を申せば過日より策謀を巡らせておりました。蘇芳丸様を、秋月の道場へご案内いたしたく存じます」

「道場へ？　……いやしかし、私のようなものが赴いても、稽古の障りになるばかりでは」

第一声にますますの関心を示しながら、しかし徐々に若君の言葉は弱くなる。梅明かりの観法を用いるまでもなく尻込みと知れた。

行きたい気持ちはやはりあるのだと、景久は内心でほくそ笑む。

「なに、秋月先生の風が満ちておりますから、気楽なものですよ」

「……本当か？」

「まあ当然、中には猛者もおりますが。自分も先日三本勝負をして、三本とも取られました」

「景久に勝る者が市井にあるのか！」

「ええ。まだいつつですから、この先が楽しみです」

釣り込まれて驚きを漏らした蘇芳丸は、続く言葉に破顔した。それで緊張が解れたのだろう。

「謀ってくれたな、景久」

子供らしい微笑みのまま言うと、用意された着替えに手を伸ばす。

「では、武者修行の支度を頼む」


多少好転したとはいえ、蘇芳丸の扱いは「誰も顧みない」から「敬して遠ざける」に改善された程度だ。

逆に言えば、この少年を見張る目、見守る目はないに等しい。そして余人とほぼ交流のない蘇芳丸は、容貌を周知されてもいない。

忍んでの道行きは、これを利したものである。

城中に町人の形の子供があれば、当然不審を覚える者は出よう。だがそれを連れ歩くのが景久であったなら、そして『池尾の親類筋らしくてな。彦三郎に、今日一日の面倒見を頼まれたのだ』と応じたならば、そこに問いを重ねる人間はない。

後藤事変を契機に、景久の無頓着は知れ渡った。よって彼が斯様に答えれば、子を託されはしたものの仔細は何も知らぬのだと、世人は勝手に納得をする。

もし得心せず、より詳しくを望む者があったとしても、次に尋ねる先は池尾彦三郎になるのだ。好奇の心だけでわざわざ彦三郎を問い質す者など、この頃はますますない。

加えて、一人合点しがちな者、粗忽な者が詰める道筋を、景久は選んで歩いていた。どんな人物が、いつ、どこへ侍るかを調べ上げたは、無論ながら彦三郎の手腕である。

のみならず景久は、自身の発達した観察をこのときばかりは存分に駆使していた。

目を開けているだけでは物を見たことにならないとは外記の言いだが、今日の景久はその言葉の通り、目に映るだけの存在だった。梅明かりの観法を利して視線を掻い潜り、意識の死角を滑り込み、ただ視野の端にのみ姿を留める歩く路傍の石に成りおおせている。

誰何の声を受けるはまずなく、もし受けたにしてもいなすは易い。そのような状態が完全に整えられた格好だった。己が施す技が、悪く用いれば巧緻なる暗殺の技法となることを、この浅薄な男はこれっぽっちも気づいていない。

そのようにして、景久と蘇芳丸は咎められることなく城を出た。

城下を歩む蘇芳丸は、頬を紅潮させ、興奮の面持ちだった。気心の知れた人間とする小さな悪さが、その心を浮き立たせたものであろう。

だがその面持ちは、秋月道場へ近づくにつれ緊張を帯びていった。道場の門前に至れば少年の足はふと止まり、両の拳をきつく握り締めてしまうようなありさまである。自分が道場で上手くやれず、お膳立てした景久や彦三郎に失望されることを想像しての竦みであろう。

心境の憶測はつけども、そこへかける良い言葉を景久の舌は紡げない。いっそ若君の心地が整うのを待つべきかと景久が逡巡したそのとき、門内からひょいと顔を出した者があった。

「あ、景久！」

指差して呼びかけたのは、如何にも生意気盛りの少年である。年の頃は蘇芳丸とそう変わらない。

まずその声にびくりとした蘇芳丸は、次いで屈託のない呼び捨てを受けた景久の顔を見上げた。少年は見るからに町人といった出で立ちであり、我が傅役がもしや無礼を咎めるのではと案じたのである。

「ここんとこご無沙汰だったじゃないか」

「いや、昨日は顔を出したぞ」

「そんときはおれ、いなかったもん」

「まあ、オレも武士のはしくれだ。一所懸命にせねばならん働きがあるのだよ」

「なんだよ、難しいこと言い出して。どうせおりんさんの受け売りだろ」

「なぜここでおりん殿の名が出る」

が、懸念に反して彼は鷹揚なままだった。むしろ懐こい笑みで、軽口に応じている。

「あーあ、それにしても見たかったなあ、先生と景久が立ち合うとこ」

「面白いものではなかったぞ。一方的にオレが打たれていただけだ」

「それが見たかったんじゃんか」

「こら」

咎め声で景久は苦笑した。自分へはこの通りの腕白坊主だが、彦三郎を前にすればしゃんと背筋を伸ばし、「池尾先生」などと慇懃に言うのを知っている。我が友はすっかり敬慕されているのだ。その尊敬の半分でもこちらに回せというものである。

ひょいと腕を伸ばして、景久は少年の首根っこを掴んで持ち上げた。ぐるりと横に一回転させてから元の地点へまた下ろす。

「――あれ？」

され慣れた仕置きであるから、少年は動じもせず、平気の平左できゃっきゃと笑い、着地してから首を傾げた。

それから彼は首を傾げた。ぽかんと見守る蘇芳丸にようやく気づいたのだ。

「なあ景久、そいつは誰だ？」

「ああ、仔細があって名は教えられんが、彦三郎の親類だ。今日一日入門することになる。先達として、恥ずかしくない指導をするのだぞ」

「おう！」

景久の言葉を受けて少年はどんと胸を叩き、それから蘇芳丸へ手招きをした。

「ついて来いよ！　なんでも教えてやるぜ」

戸惑う若君の背を、そっと景久の手のひらが押す。不安げに見返す瞳に、大丈夫だと頷いて見せた。

「そ、それではご指南よろしく頼む」

「堅っ苦しいなあ。ま、いいや。よろしくな！」

育ちと品のよさは隠しようもない。が、子供ならではの遠慮のなさと秋月の気風が相まって、蘇芳丸はたちまち道場の子供たちに馴染んだ。

当初はおずおずと前に出なかった蘇芳丸だが、やがて同年代の子供に交じって竹刀を振るい、屈託なく笑い合うようになっていく。

幼いながらの打ち合い稽古をこなすうちに青痣もいくつか拵えたが、見守る景久は気にも留めない。力加減はじゃれ合って覚えるものだし、何より蘇芳丸自身が、負けん気を起こしてやり合っている。

本来は日のあるうちに城へ戻る予定であったのだが、若君の少年らしい顔を長引かせたくて、景久はつい夕焼けの頃まで居座ってしまった。

「じゃ、またな！」

「待ってるぞ」

「次は勝ち越すからな」

「うむ、皆、また」

さすがにその頃になれば、道場の子らにも迎えが来る。出来立ての友人たちと別れを交わし、帰途を辿(たど)りはじめた蘇芳丸の足取りは少しばかり重い。

嘘を吐くことになってしまった。そう思っていた。

もう彼らと交わる機会などないと、この若君は考えている。

この武者修行の機は、景久と彦三郎が相当な無茶をして捻出してくれたものだ。それを蘇芳丸の聡明さは察している。だから気軽にまた来たい、また連れて行ってくれとは言い出せない。

悪いことに、自分は藩主顕家の子だ。もし口に出したなら、ただの些細な願いすら身の上が下命に変えかねない。

だから何も語らず、楽しかった記憶だけを持ち帰ろうと思っていた。

「蘇芳丸様」

先を歩く景久が、ぽつりと呼んだ。俯き気味だった蘇芳丸が視線を上げる。

「ここだけの話ですが、実のところ某は、まるで立派な人間ではないのです。蘇芳丸様の思われるような英傑などでは、とてもとても」

思わぬ発言に驚き、少年の足が止まる。察して、景久もまた歩みをやめた。夕暮れを浴びながら振り返る。

「オレはしくじりを重ね続けて、ようやく今に至りました。そして今日もまだ、期待を裏切らぬよう、期待に恥じぬよう、背伸びをし続けております。だからもしオレが立派なように見えるとしたら。それは先を、隣を、後を歩く人たちがあるゆえです。オレが失敗を繰り返せるよう、手を引き、世話を焼き、尻をぬぐい、叱ってくれる——そんな人々があったがゆえです」

語りながら、ひと足ぶんだけ景久は傍へ寄った。

「ですから蘇芳丸様も、もっと気ままになさってください。上手く運べばそれでよし。もし思うようにならずとも、それで生じた悔いを補うためにオレや彦が傍におります。ちょっと先を歩くだけの、偉くもなんともない連中ですが、それでもつっかい棒くらいにはなるでしょう」

片膝をついて、視線を合わせる。蘇芳丸もまた、景久を見つめ返した。何かを探るように。あるいは縋るように。

「ですから、甘えてください。世は蘇芳丸様が思われるより、ずっと優しくできております」

「………では」

瞳を潤ませた少年は、数呼吸ののち、やっと小さな声を絞り出した。

「では早速、ひとつ我がままを申してもよいだろうか」

「無論」

「手を、繋いでほしい」

そう来たか、と景久は思う。また道場へ行きたいと恣意を発して欲しかったところだが、真情を吐露させるのはなかなかに困難なようだ。

だが、これも悪くはあるまい。

蘇芳丸の願いは、夕暮れの道場の光景に起因するものだ。父母が子を、兄、姉が弟、妹を迎えるべくやって来て、あるいは手を引き、あるいは引かれながら帰ってゆく。そのさまを羨んで生じたものだ。ならばこれも確かに我がままだろう。自制が常態だった若君の、甘えの一歩だ。

当然の面持ちで頷いて、景久は蘇芳丸の手を取る。立ち上がり、ゆったりと城へ歩んだ。

これで終われば真に良日であったのだが、事はそうは運ばなかった。今少しで蘇芳丸の居室に帰り着くというところで、ふたりが出くわしたのは鷲尾御前である。

「これはまあ、随分と珍妙な装いですこと」

灯明の頼りない明かりにも蘇芳丸の町人形を認め、嗜虐的な笑みを彼女は浮かべる。受けて、蘇芳丸の小さな体が大きく震えた。

まったくもっての不覚だと景久は臍を噛む。完全に自分の油断だった。行きと同じやり口で無事城中を抜け、もう大丈夫だろうと気を抜いてしまった。

もちろん、蘇芳丸の様子へ意識が行っていたのもある。だがそれ以上の目隠しとなったのは、鷲尾御前が我が子とただふたりで日も落ちた廊下に佇んでいたことだ。

以前のように大名行列で移動していたなら察知は容易であったのだが、こんなところで一体何をしていたのだと、問い質したい心地に景久はなる。

「あら、あら。それに何やら傷までこさえて。御覧なさい、亀童丸。あれが自分の生まれに理解のない、馬鹿な子供のなしようですよ」

威圧のように、見下しのように、蘇芳丸へ近づいた彼女は、さらに目ざとく少年の腕の青痣を認めた。

傅役との稽古でついたものだとでも思ったのだろう。蘇芳丸と景久へ、交互に嘲るような視線を送る。

「生まれつき愚かだからそうしてしまうのね。大喜の名を辱めぬよう、自覚を持ってほしいものだわ……まあ、なんの自覚を持ったところで家を継ぐのは亀童丸なのですけれど」

鷲尾御前が恐ろしく嫌な微笑を浮かべ、蘇芳丸が唇を噛む。それを見て、母の傍らの亀童丸が尻馬に乗った。

「そうですね。兄上はわたしと違って、望まれておりませんからね。誰にも、必要とされておりませんからね」

亀童丸の顔は、自分が愛される自信に満ち満ちていて。だからそれは、傲慢と呼んでいい醜さを伴っていた。どうにもそっくりに育っている。

俯いた蘇芳丸が、ぎゅっと強く景久の手に縋る。応えて、ずいと前に出た。

「何か？」

挑むように、亀童丸は景久へ眼差しを向けた。小馬鹿にし切った目をしていた。人は己に傅くものと信じ切って、あるいは信じ込まされているのだろう。

台なしにしてくれたものだと、このおふくろ様では駄目だと、二重の意味で景久は苦虫を噛み潰す。

「世にただふたりの兄弟なのだ。仲良く遊べばよかろうに」

「な……っ！」

だが口を突いたのは、いっそ寂しげな呟きだった。

聞き慣れぬ声色に母子は揃って鼻白み、だが上手い口もなかったようで、踏み鳴らすような足音を立てて行き去った。

「蘇芳丸様」

また身をかがめ、景久が囁いた。

幼い肩がびくりと揺れる。母か弟のことを言われると思ったのだろう。

「ああいううるさがたに知られると大変に面倒です。ですから今日の武者修行は内密にお願いいたします」

「父上にもか？」

問われて、景久は腕を組んだ。

秋月での稽古は、顕家にも秘密のことだ。誰にも累が及ばぬよう、景久と彦三郎の独断専行に仕立ててある。つまり、あまり公言してよい代物ではない。

だが親に伝えたい楽しいことが、今日はきっといくつもあってくれたのだと、そう思えば無下にはできなかった。

加えて景久は、この半月で知っている。顕家が蘇芳丸、亀童丸と交流を持つ努力を続けることを。藩主としてのみならず父として、あの方は我が子らを気にかけているのだ。亀童丸当人に、父の心が届かない様子であるのは至極残念なことであるけれど。

とまれ親子の語らいの種を、景久としては禁じてしまいたくはない。

「それは、うむ、彦三郎に相談ののちにて」

「あいわかった」

数瞬思案して友への丸投げを決め込むと、蘇芳丸はその答えへ律義（りちぎ）に頷いた。

「ありがたく存じます。では御礼に後日きっと、またの機会を工面しましょう」

言わせるつもりのことをこちらから言ってしまったと、景久は一応の反省を抱く。

それでも途端、蘇芳丸が目が輝せてくれたので。

これでよかろうと、満足して頷いた。

第三章　鷲尾銀山荒稽古

蘇芳丸の武者修行ののち、景久は毎日のように時間を作って秋月の道場に顔を出していた。不肖の弟子の無理押しをひとつならず飲んでくれた外記への、感謝の表出である。

とはいえ、師に対してひねた態度を取りたがるのが景久だ。自身ではこれをご機嫌取りと公言して憚らない。無論周囲は師弟の仲を承知の上であるから、両名のさまを悪態をつき合う祖父と孫を見守るがごとき目で眺めている。

この日も門人の指導を終えた彼は、道場の井戸端で汗を拭っていた。

夕風はすっかり秋の顔色をして、熱を持つ体に心地良い。諸肌を脱ぎ、しばし瞑目して夏の終わりに身を浸す。

「先生に御用かね」

やがて振り返りもせずそう言ったのは、敏い耳に聞き慣れた足音を捉えたからだ。

「いや、お前にもさ」

応じる彦三郎も慣れたもので、背後からの接近を察知されたことに驚きもしない。

「お初殿がこの頃は精を出していると褒めていたのでな。こちらが早いかと思った。加えて若君には聞かせたくない話だ」

「そして、先生のお耳に入れたい件でもあるというわけだな」

いつも通りの柔和を装う友人から、景久は何某かの急変を感知する。珍しくも表情を引き締めた。

「うむ。焦眉のことだ」

「わかった。すぐに行く」

景久の身支度など、当然ながら時を要するものではない。言葉通りすぐさま彦三郎の後を追いかけ、ちょんの間のうちにふたりは雁首を外記の前に揃えていた。

「時に景。どうだ。俺は白粉臭くはないか」

外記の床の前に端座した彦三郎は、遅れて入室した景久へ冗談めかした問いを発する。

「なんだ彦。喫緊事と言いつつ、女遊びでもしていたのか」

込み入った話の前置きであろうと察しをつけて付き合うと、彦三郎はしかつめらしく首を横に振った。

「鷲尾御前にな、今日も絡まれたのさ。あの方はどうも、化粧が過ぎて咳が出る」

景久や蘇芳丸以上に、彦三郎はかの女人に執着されるようだった。

鷲尾銀山を、延いては井上一派の腹を探ろうとする彼への妨げではない。原因はやはり彦三郎の美男にあるのだろう。

といってもおそらく、惚れた腫れたの話ではない。鷲尾御前はただ気に入らないのだろう。自身が欲し、屈服させたいものが、けれど思い通りにゆかず涼しい顔で身近にあるのが癇に障るだけなのだ。

手にすればすぐ飽きて捨てるくせに、手に入らないとなると感情を拗らせる。それは童のありさまだった。

景久もまた、あれから幾度か鷲尾御前に出くわしている。

見るたびに美女だとは思うが、それは泥団子との評に一石を投じるものでは一切ない。あの美は砂上の楼閣だ。実体のないものの上に築かれた幻に過ぎないと景久は感じていた。

おそらく彼女は、あらゆる事柄が思うがままに鳴動すると信じているのだ。その自信は鮮烈で炎のような美麗を御前に纏わせる。彼女がやましさに汚れないのは、現実の何ひとつもその心に届かぬがゆえであろう。

鷲尾御前は、自分の今がなんの上に築かれているか顧慮しない。己が何かを踏みにじることを知りながら、それが何であるかを理解しようとしない。足の下でどれだけの悲鳴が上がろうと、どれだけの苦鳴が起ころうと、少しも気に留めようとしない。

ただひたすらに己のみを飾り立て――そうして臆面もなく咲き誇る、美しくも醜い花だ。

景久が一層気に入らないのは、彼女の性質が天衣無縫ではないことだ。

てんからそのように育てられ、生きる形をそれしか知らなかったのなら、それは育てた側の責である。何をしても咎められることなく、甘やかされ続けた子犬のようなものだ。いささかながら同情も哀れも湧く。

しかし鷲尾御前の驕慢の裏には、保身が透けて見えている。

自分が間違うこと、傷つくことを想像できないのではない。間違いを指摘されぬよう、傷つかぬように姑息な注意を払って足を運んでいる。過ちを認識しつつそれが生む悲惨を是として心にかけず、ただ自身の快楽にのみ耽っている。

抵抗できない相手を見定めて、わざわざ踏みしだきにゆくのだ。

代表的な例を挙げるなら、それは蘇芳丸に対する精神的虐待であり、城中の闊歩であろう。

池尾閥の力が弱まるまで、鷲尾御前はこうした行いをしなかった。実城殿への寵愛と池尾への遠慮が相まって、彼女は表立って驕慢を示さなかったのだ。だがこの頃はどうだ。自らを掣肘する者がないと見るや否や、好き好んで蘇芳丸を虐げ、日々大名行列めく頭数を引き連れて権勢を誇示している。

そのような彼女の在り方を、景久の感性は好まない。そも、相手を見極める観察眼があるのなら、人の弱りへ手を伸べることが可能なはずなのだ。

景久の主観はさておき、彦三郎のこの物言いは斯様な個人的好悪にのみ立脚するものではないだろう。

「その白粉に隠れて、何か別のものが匂っていたということかね？」

「だろうなァ」

そう考えて問えば、脇息に肘を突き、景久が考えるさまを見守っていた外記が代わって応じた。

「井上盛隆ってのは随分強かな野郎だ。どうせ娘の所業を隠れ蓑に、なんぞ動いてやがったのだろう？」

「はい」

師の言葉に強く頷くと、彦三郎はこのところの調べの結果を披露する。

「怪訝だったのは、井上盛隆の静けさでした。あれほど亀童丸様を押し上げる働きをしておきながら、顕家様が我らを傅役に任じて以来、当人は鷲尾銀山の別邸に引き籠もり、指ひとつ動かさぬと見受けられます」

もちろんこの静観を、孫を嫡子に据えるを諦めたのだなどと彦三郎は解釈しなかった。

——水運と鉱山、御辻を支えるふたつの柱について精査し、それを蘇芳丸様にお伝えするが傅役たる我が務め。

そう予定通りの名分を掲（かか）げ、これをてこに、鷲尾銀山周りへ強引な探りを入れたのだ。ほぼ井上の独立領と化した地へ、勘定方ともども切り込んだのである。

「帳面の上だけでもきな臭いものが出ましたが、それ以上の剣呑（けんのん）も知れました。井上盛隆は、顕家様のお命を狙っています」

「それはまた随分な飛躍ではないか？　平地に乱を起こすような真似を、好んでする者があるかね」

「いや、間違いのない話さ」

疑念を呈（てい）す友人へ、彦三郎は強固な断定を示した。

「残念ながらするのだよ、景。井上はする。かの御仁の本質は飢えだ。自身でもなんとは知らず、けれど何かに飢えている。それを満たすためになら自身の命も歯牙にかけない。そんな男が、他人だの家だのを気にすると思うかね」

はきとしないものを欲して、埋まらぬ洞（うろ）に贄（にえ）を盛る。

盛隆のこのありさまは己の姿によく似るようだと彦三郎は心中で自嘲し、怪訝にこちらを見た友へ、曖昧（あいまい）な微笑を返す。

「時に景、お前、実城殿の最期について聞き及んでいるか？」

「いや、詳しくは知らん。奇病に苦しんでのこととは耳にしたが」

実子である蘇芳丸の、以後の心痛を思って景久は顔を顰めた。

「確か、ひどい頭痛と腹痛を訴え、七孔より血を流して亡くなった、と」

「そうだ。そして井上頼隆（よりたか）殿もな、同じく頭痛と腹痛、そして耳鼻眼口よりの出血で急逝している」

「その名は」

「うむ。井上盛隆の養父の名だ」

察した景久に頷くと、彦三郎は先を続ける。

「盛隆は頼隆殿に才覚を見込まれて養子となった……との話だが、どうも実際は異なるようだ。盛隆はかなり強引な手口を使っている」

「強引、というと？」

「賭博（とばく）さ。頼隆殿を悪い道に誘い込み、首を回らなくして言いなりにしたのだよ。そうして、直後にこの死にざまだ」

「では実城殿も」

「最早調べようのないことではあるが、な。そういう男であると含んだ上で、先を聞いてくれ」

彦三郎たちが検めた帳簿には、明らかな改竄の痕跡があった。辿れるのは半年前まであるが、これはその時点から不正が始まったという意味ではない。横領はより長く、周到に行われてきていたはずだ。

それがなぜ半年前より杜撰になったかと言えば、まず後藤事変の余波であろう。かの一件に際して井上は池尾を見限るも、池尾閥の復権により足場を失いかけた。しかし亀童丸が嫡子という風聞を築き、それを地盤として隆盛を得ている。

この折、城中の工作に資金が必要となったことは想像に難くない。急遽の費えのため、証拠の隠滅が粗雑となったのだろう。粗放が一時でなく今に至るまで続いたのは、井上の驕りであり、過失である——と、そう考える者がほとんどだった。

しかし、彦三郎はそこに盛隆の割り切りを見た。

この横領と時期を同じくして、鷲尾銀山では鉱夫を多く募っている。だが複数回の召募を行いながら、報告される鉱員の数は増していない。

人が集まっていないわけではないのだ。その折に銀山周りが賑わいを見せていたと、各所よりの証言がある。

ならば集った人間は、そして賂だけに用いられたとするには巨額過ぎる横領金はどこへ失せたのか。

人と金の流れを考え合わせれば、人は井上の私兵となり、金はそれを養う費えとなったと見るが自然であろう。

井上家中の人員増加がないことも含めれば、盛隆の手の者となった荒くれたちは井上閥の家々に中間(ちゅうげん)として分散して潜り込んでいると思われた。その家の監視として。また、いざというときの戦力として。

つまり井上盛隆は、己が家門の窮地に際してふたつの手を打っていたのだ。

亀童丸を旗印に城中の権勢を握るがひとつ。そしてそれが成らなかった場合の次善として、藩に戦火を起こすがひとつ。

もちろん乱は実際に起こさぬがよい。国を割る騒擾(そうじょう)が生じたとなれば幕府の介入があり得る。それでは亀童丸が継ぐべき家の存続が危ぶまれてしまう。

だから、兵は脅しつけるためだけにあればよかった。御辻の弱腰は、後藤左馬之助ただひとりに踊らされたことからも明らかだ。安寧を乱す刃が頭上にあると教えてやれば、藩からはいくらでも譲歩を引き出せるだろう。

彦三郎が見抜いた図面はそうしたものだった。

帳面上の誤魔化しよりも、盛隆は兵力の準備に傾注したのだ。亀童丸や鷲尾御前よりも確かな手段が手元にあるなら、取り繕いの必要などない。

何より彦三郎を慄然とさせたのは、盛隆の手配りが今もまだ機能しているであろうことだ。景久と彦三郎の傅役就任以来、盛隆は座視の様子でこの謀略の縄の具合を確認していたのだろう。

だからあえて、自らの派閥の取りまとめをしなかった。

鷲尾御前や亀童丸、親池尾、反池尾……様々な理屈をてんでばらばらに蠢動させることで城中に多種多様の潮流を渦巻かせ、それを目隠しに自身は本拠で牙を研ぐ。半月の時は、盛隆にとって十分過ぎる準備期間だったろう。

彦三郎の推測を裏づけるように、顕家は鷲尾御前より鷲尾山の視察を持ちかけられていると知れている。

これが顕家を亡き者とする一手なのは明らかだった。

だがこれは、人の良い殿様には拒めぬ一手でもある。

招きに応じて鷲尾へ行けば、十中八九で自分は死ぬ。しかし応じねば、周到に用意された内乱の火種が炎となって吹き上がる。

盛隆は我が娘を通じ、顕家にそのような未来を吹き込んでいた。

もし陰謀を看破した彦三郎が強く顕家を問い詰めなければ、顕家は黙って殺されに行くところであったのだ。そうすれば、藩と我が子らに禍いが降りかからぬと信じて……

「鷲尾行きについて、殿が口を割られたのが今日のことだ。蘇芳丸様のことで負担をかけたからこれ以上はと、我らにも黙していたそうだ」

「家臣に遠慮する殿様があるかね」

「まったくだ。本当に、上に立つのに不向きなお方だよ」

言いようは悪いが、どちらの口にも親愛がある。大喜の殿様を助けたいと、そう思っているのは明白だった。

「で？　どうするつもりだ、彦三郎。おまえのことだ、何か企みがあるんだろう？」

目を細め、弟子ふたりを好ましく眺めた外記が知恵袋をせっついた。はい、と返答をして、彦三郎は居住まいを正す。

「これだけゆるりと舌を回したってこたァ、もう手配のあれこれも済んでやがるんだな？」

「清兵衛殿にはひと足先にお戻りいただき、馬の用意をしていただいておりますし、池尾の手勢も招集しました。信の置ける者のみを選りましたので、小勢ではありますが。それと駕籠を用意いたしました。先生におかれましては、それで佐々木の家へお越しいただきたく」

「やれやれ、爺に働けってかよ」

「老翁と扱えばお拗ねになるでしょう?」

若造の一人前の返答に、外記はふんと鼻を鳴らした。

「景。お前はこの後、向野屋へ走ってもらう。庄次郎殿とりん殿を、佐々木へお連れしろ」

「ああ、そうか。承知した」

彦三郎の指示は、井上私兵への備えである。秋月外記を用心棒に、身内をひと所に集めて安全を図ろうというのだ。

その先が池尾でないのは、彦三郎が己の血族に不信感を持つからだ。何より、池尾は人が多すぎる。二心を抱く者が出ないとは言い切れず、また見慣れぬ顔が交ざり込んでも判明しにくい。

常時周囲を猜疑の目で見て心をすり減らすよりも、本当に信頼できる人間だけを固めた方が塩梅がよいとの判断である。

「遺漏の多いことですが、火急ゆえ、ご寛恕を」

今一度師に平伏して、それから彦三郎は景久の顔を見た。

「景」

「なんだね、彦」

「向野屋のふたりを送り届けたら、お前には俺と鷲尾へ踏み込んでもらう」

「へェ」

「ふむ」

外記はぎらりと目を輝かせ、景久はわからないながらに、荒事を望まれたと理解して頷いた。

「既に勘定方より、井上盛隆に横領の疑いありと奏上済みだ。俺とお前はその取り調べの先駆けとして、鷲尾の井上別邸へ踏み入る手筈になっている。当然井上との小競り合いが予想されるから、仮の名目も用意しておいた。『鷲尾は無宿人崩れの多い土地ゆえ、訪われる殿の御身が慮られる。万一なきよう、事前に警護の練度を確かめる』とな。見届け役は秋月外記秘蔵の佐々木景久。多少手荒い稽古となって怪我人が出ても致し方なし……といったところだ」

告げて、彦三郎は親友に正対する。

小競り合いと述べはしたが、鷲尾の地で予感されるのは私闘では済まない規模の乱戦である。公儀に見とがめられれば家中不行き届きとされかねない。

ゆえに荒稽古という強引極まる口実を彦三郎は用意した。仮に怪我人が出ようと、それは実戦さながらの気概の証しと言い抜ける算段だった。幕閣も殊更毛を吹いて瑕を求めはしない。一分の理があれば無理を押し通せるという見通しだった。

が、これは傍若無人な景久の武力と体力がなければ、到底成り立たない無法だ。当人から否やが出れば、放棄せざるを得ない目論みである。

「鷲尾山の——盛隆殿の手元の私兵はそう多くないはずだ。必要なのは顕家様御一行を押し包むだけの数で、他は井上閥と城下各所に常在させる様子だからな。とはいえそれでも百から二百の荒くれを相手取ることになるだろう。しかも相棒はうらなり瓢箪の俺ときている。どうだ、景。それでも、乗ってくれるか」

「聞かねばわからん答えかね？」

「愚問だったたな」

「うむ」

彦三郎の眦がわずかに潤み、だが彼は瞬きひとつでそれを消し去る。にこりと笑んで礼を述べた。

「またぞろ巻き込んだな。すまない」

「よいさ。オレに関わることでもある」

ともに死地に向かうことを勝手に決定されていた格好であるが、景久の顔に恨みの色はわずかもない。

「しかしよくもまあ、こうも短時間に悪さを組み立てるものだ」

先々を見据える彦三郎の手際のよさを顧みて、景久は感嘆を漏らした。自分ならば、何をどうすべきかもわからぬまま時を浪費していただろうと、そう思っている。

昔から、池尾彦三郎は道筋を見出す男だった。

悪戯にしろ遠出にしろ、ぼんやりとした「こうしたい」の形を誰よりも把握して、現実的な準備を整えてくれる。そこを走れば物事は早く、間違いなく運ぶのだ。一軍を率いる才とは、こうしたものを言うのだろう。

「悪さと言ってくれるな。自覚はある」

対して苦笑する彦三郎には悔恨(かいこん)が強い。

親しい人々に甘え、今回も彼らの意思を確かめぬまま企てを構築している。そうした悔いがあった。

こう動けと押しつけてしまうようになれば、人の心と負担を顧みないようになればおしまいだ。自分は新之丞に成り果てる。

「しかしその頭数だと、あまり加減はできぬであろうなあ。それと、彦。お前を守る余裕もないかもしれん」

自ら戒(いまし)めるその傍で、景久は井上方の心配を始めていた。我が身の無事も、数に勝るも確実なことと見る様子である。気が早いが心強いことだと、彦三郎はまた笑った。

「構わん。我が身くらいはなんとかするさ」

「ふむ」

　案じ顔で景久は唸り、それから唐突に語り出す。

「彦、お前は顔が小憎らしい」

「藪から棒になんだ」

「至極冷静で、全て悟るように見えるのだ。平素は子供に好かれんかもしれないが、剣においてそれは有利だ。その顔を作り続けてやれば、相手は何もかも見透かされた心地になってきっと焦れる。そこを突け」

　敵手の動きを限定し、誘導するは梅明かりの基礎である。景久なりの手解きであり、友を生き残らせるための教授のつもりでの発言だったが、彦三郎はなんとも形容しがたい顔つきになった。

「なあ、景」

「なんだ」

「おそらくそれは生兵法の類だ。怪我のもとになる」

「そうか」

　しゅんと肩を落とす友人の背を叩いてから、彦三郎は顔を引き締めて別の懸念を告げる。

「生兵法と言えばなのだがな、景。実は少し前、後藤より文が届いた」

「ああ。あれの師がお前を狙うやもしれん、とのことだった。あの後藤がわざわざ報せて寄越すのだ。相当の腕利きなのだろうと危ぶんで、その師の——鳥野辺林右衛門という男の足取りを探らせていたのだ」

「左馬之助か」

——佐々木は敗れるぞ、池尾。

書状の中で、左馬之助は明確にそう告げていた。

——虎同士が戦えば勝敗は知れぬ。老虎、若虎、それぞれに長短がある。

——だが此度（こたび）の老虎は術理を修めている。未熟な獣など手もなく食い殺すだろう。

「その口ぶり、余程都合の悪いところにいたのか」

「うむ。今、鷲尾を訪れているそうだ」

その報告を耳にしたとき、彦三郎は逃れがたい運命を覚えて肌を粟立（あわだ）てたものだった。

「それで、お前のために誂（あつら）えさせたものがある。のちほど渡すが、生兵法とはこれについてだ。急ごしらえの品ゆえ、扱い切れずに怪我のもととなっては困る。渡しはするが、使う使わぬはお前に任せるよ」

「何か知らんが、助かる。一層お前の役に立てるなら何よりさ」

「お前は、幾度だって自分の肩を濡らすだろうからな。俺や、俺でない誰かのために」

無邪気に嬉しげにする景久へ、聞こえぬほど小さく彦三郎は呟いた。

過日、師に諭されたことがある。

『なあ、彦よ。馬鹿げた天稟がすぐ隣にあるから、才能ってモンをお前は信じちまうのかもしれねェ。だがよ、本来そいつは磨いて磨いて磨き続けて、死ぬ前にようやくあるかどうかわかるくらいのもんなのさ。だから若い身空で手前の定めだのこの先だのを決め込むんじゃねェよ。つまずいたなら立ち上がりゃアいい。間違ったのなら正しゃいい。時に周りの手を借りながらな。誰も笑いやしねェさ。おれだって、そうやってこの歳になったんだ』

その折は先達の心遣いを十全に受け取れず、『金言、ありがたく』などと答えて嘆息させたものだった。

だがこの頃になって、師の心を少しは理解できてきた気がする。佐々木家の人々や秋月外記のお陰で、こんな自分をも慈しみ、愛してくれる人間がいるのだと信じられる心地に至れた。

その初めの一歩をもう一度振り返り、意を定める。

どんな絶望や困難が立ちはだかろうと、佐々木景久は必ず自分とともにあってくれるだろう。だから自分も、必ずや我が友の傍らにある。剣戟をともにできずとも、決して独りにすることはない。この節を曲げぬ限り、自分は彦三郎であり続けられるだろう。

頼るばかりでも、頼られるばかりでもなく、肩を並べて。

己が頬を張り、彦三郎は意気を高めた。

――負けるものかよ、我らが。

見据える先には鷲尾の山が、そして落ちてきた夜の闇が横たわっている。

＊

江戸において、老中の駕籠行列は常に走る。有事の折のみ駆けて進めば、その慌てぶりから世人が事件を察するからだ。そうせぬために、重役は平素より急ぎ足の移動をした。

密談を終えたのち、ゆえに彦三郎は向野屋へ駆け出そうとする景久へ、『走るな。歩幅も顔色も変えるな。世間はそれで変事を悟るぞ』と言い含めた。

池尾、佐々木が臨戦態勢となったを井上に気取られぬためである。人、駕籠の出入りが目に留まるまでは致し方ないが、もし景久が全力で駆けたなら、それは暴れ馬のように目を引いてしまうだろう。

無論、本来なら奔走したいところを並足に留めるのだから、景久の顔には露骨に焦れが出ている。それでも極力悠々を演じて歩む背に、どうにも人を騙せん奴だと彦三郎と外記は顔を見合わせて苦笑した。

そうこうするうちに、駕籠が来た。

外記とともに彦三郎は佐々木家へ向かい、既に到着していた池尾手勢と合流すると、清兵衛も含めて綿密な打ち合わせを行った。

防戦の備えこそしたものの、これは短期で済むものであるとは三人の合致した見解だった。

盛隆が失墜すれば――つまり彦三郎と景久が上首尾をすれば、井上閥は崩壊する。それは目に見えたことであったからだ。

盛隆は桶の箍のように組織を締め付けはしない。が、それでも彼は枠だ。水のように主体を持たない井上一派は、盛隆が失せれば形を失う。どろどろと正体のない中身の液体は、入れ物を失えば流れ去るが必定だ。後は地に染みて乾くばかりである。

ゆえに臨戦態勢は長くて一両日とまで彦三郎は考えている。

もし武運拙く自分の企てが敗れ、御辻に内乱が起きた場合についても問題はない。池尾の手勢をまとめる男に金子の預かり手形を託してある。清兵衛と初名、そして外記に向野屋親子を逃してしばらく暮らしを立てるのに十分な額面だ。

もちろん清兵衛も外記も、そして向野屋庄次郎も抜け目なく似た手立てを打つだろうけれど、もしもに対する策はいくつあっても困るものではない。

巧遅よりも拙速が肝要とされる状況であり、準備万端、用意周到とは言いがたい状態だった。それでも今できるだけはし尽くしたはずだと、軍議のごとき会談を終えた彦三郎はひと息ついて庭へ出た。

そこに植わる梅がおふくろ様の梅であることを、彼は当然知っている。顔も知らぬ佐々木の母に、申し訳なく頭を下げた。清兵衛が中立に徹して守ってきた佐々木の家を、自分は政争に巻き込み、危地へ伴っている。

嘆息してから、月を見上げた。そのままぼんやりと景久を待つつもりであったところへ、声がかかった。

「池尾様」

履物を履き、自身も梅の下へやってきたのは初名である。思い詰めた顔をしていた。ああ、また叱られるのだなと思った。だから、先手を取って頭を下げる。

「兄君を再三再四で死地へ招くこと、佐々木家を災難に巻き込んだことへ、深くお詫びを」

「池尾様」

「はい」

「初は、大変に立腹しております」

「もちろんのことでしょう。平和な家内に、いきなり生き死にの面倒ごとを持ち込まれたのです。憤りを覚えぬ方がどうかしている」

「違いますからね」

わかった上で発した彦三郎の言に、初名は期待通り激昂してくれた。

「父上も初も、此度のことで池尾様を悪く思ってはいません。悪さをした井上様が悪いのですから。それに兄上は野放図に強いのです。ですから、あんなの案ずるまでもないのです。怪我したって自分で舐めて治します。でも池尾様は違うでしょう。そもそも、あのとき約束しましたでしょう！」

あのときとは、蘇芳丸の武者修行前日のことだ。その日、彦三郎は初名と長く語らっている。

池尾彦三郎には、人の気持ちがよくわからない。そしてどうにも話術の才がない。損得、利害の絡む政談商談なら叶うが、他愛のない会話というものが弾んだ記憶がない。例外は景久との戯れくらいである。

きっと見た目、家柄はよくとも中身がないからだろう。

だから、彦三郎は自分が人に好かれないと思っている。それは蘇芳丸の態度にも如実だった。景久を兄のように慕いつつ、自分へはひと足ふた足ぶんの距離を常に置く。

仕方のないことだと思う。

信用できる人間、好かれる人間というのは、おそらく天与で決まっている。自分は景久とは違う。

彦三郎の自己評価の低さは、池尾新之丞に由来する。

池尾の家において、父は絶対者であった。畏怖畏敬の対象に他ならず、家人の誰もがその寵愛を望んだ。

だから兄たちを殺したのは父であると、彦三郎はそう考えている。

夭逝した兄ふたりは、幼い彦三郎から見ても才覚のある人物だった。新之丞はそれに期待し、文武の教育を詰め込んだ。それぞれの母も、我が子の成長を望んだ。より早く、誰もが認める高みへ昇り行くよう手を尽くした。

だが重荷を課され続けては、如何な駿馬の背骨とて折れる。

長兄が、次いで次兄が逝去し、彦三郎の順番がやって来たとき、新之丞の目にあったのは落胆だった。父の関心のなさを証明するように、彦三郎に施された教育は兄たちのものと比せば簡易だった。

秋月である程度世間を齧り、佐々木家という逃げ場を持つ彦三郎にならば、それは背負い切れる荷物だった。

そうして想定外の伸びを見せた彦三郎を、新之丞は嫡子に据えた。父は確かに喜悦を見せた。だがそれは有用な道具が転がり込んだことで生じた感情であり、新之丞の目に親子の親しみはついぞなかった。

秋月外記、佐々木清兵衛という親代わりはあった。だがあったればこそ一層、彦三郎は肉親の情に飢えたのだろう。新之丞が兄を殺したと思いつつ、それでも彦三郎は父に好かれたかった。我が父に認められたかった。

けれどそれは叶わなかった。結果、中身を備えぬ冷たい人間に彦三郎はでき上がった。辛うじて流れる温かな血は、池尾以外で得たものだ。家族血族縁者とは、基本的に彦三郎の敵だった。

そんな、長く身の内に堆積（たいせき）させ続けてきた弱音を、彼はこのとき、とうとう初名に吐露したのだ。

もちろん、そんなつもりはなかった。だが冗談口めいて心の内を少しだけ漏らし、それをとば口に初名の人に対する在り方、接し方を訊ねるだけのつもりだった。

だのに、気づけば舌は止まらなくなっていた。

後藤左馬之助の一件から、嫌なものを見続けてきた気の弱りが原因であったろうか。どう言い繕ったところで、とんだ甘えである。今にして思えば汗顔（かんがん）の至りだった。

けれど激情を吐いて自失に陥った彦三郎へ、初名は平然と言い放った。

『頭が回るのにお鈍（にぶ）くていらっしゃるのは昔からですね』

続けて、呆れたような鼻息をまで出した。

『兄上をご覧ください。そんなむつかしいこと、少しも考えておりません。でも皆様の助けがあって、どうにか生きております』

それは景久に愛される資質があればこそだと彦三郎は思う。自分は違う。

反駁すると初名は眦を下げ、痛ましそうに彼を見た。

『彦三郎様はいつだってそうです。深慮するのにご自身の安全は考えの外で、危ないことをしてばかり。初ははらはらし通しです』

常に自分を軽く見て、お行儀よく諦める。その傾向は、言われるまでもなく自覚のあることだった。

彦三郎は己の命ひとつで事が済むなら、身を擲つを躊躇わない。捨て鉢な思い切りのよさもまた、彼の育ちに由来している。

つまるところ、彼の行動の根底にあるのは勇気ではない。自棄であり、懼れだった。

どうせ自分は兄たちの代替品でしかないという認識が、彦三郎の根にはある。代わりなどいくらでもいる。いくらでもある。能力だけしか長所のない人間などそういうものだ。類似の才能がすぐその欠落を埋め、喪失は大した時も経ずして忘却される。

所詮自分はいてもいなくてもいい人間だと、心の底で彦三郎は信奉していた。

同時に彼は、自分が新之丞になることを恐れていた。捻じ曲げ踏み躙ったいくつもの人生の上で、自らは成功者であると自負を肥え太らせる怪物。誰も慈しまず、誰からも慈しまれない、醜悪なそれになることを――

無論、他を顧みず剛腕を振るう、そのような存在にしかなせない仕業もあるだろう。だが彦三郎は己がそう成り果て、今愛する人々を自らの手で傷つけるようになることを強く恐れた。

けれどそんな彼は、周囲に褒めたたえられてきた。

容姿といい胆力といい知恵といい、若き日の池尾新之丞に瓜ふたつだ、と。

だから余計に感じるのだ。冷たい言葉を投げる折、拒絶の態度を示すそのとき、己の顔はひやりとするほど父に似ると。

いつか父の歳に追いついた頃、この血に流れる何かは鏡の中で自分と新之丞を再会させるのだろう。

彦三郎はその運命を確信し、未来を恐懼した。だから自分は、早く終わってしまうのがよいと考えた。今以上に嫌悪されないうちに。まだ少しは愛されている、そのうちに。

思いながら、それでも手放せないものはあった。その筆頭は、間違いなく佐々木の家だ。

いつか傷つけると怯えながら、疎まれると憂えながら、けれど彦三郎は彼らとの接触を保ち続けてきた。

『でも池尾様。兄は、馳せ参じましたよね』

初名が言うのが、後藤事変の折にした、景久の押しかけ助っ人の件を指すのは、すぐにわかった。

『あのとき、お役に立てるのなら初だって推参しました。初は、他の誰でもなく池尾彦三郎様を案じております。初だけでなく兄上も、父上も、いつだって一臂をお貸ししたいと、そう考えております』

幼い時分よりふたりの傍にいたから、初名はよく知っている。兄もその親友も、自分を枷に嵌めて息苦しそうにすることを。

特に彦三郎は深刻だった。兄はまだいい。素直に心を顔に出すし、すぐ油断して本音を漏らす。だからまだ解しようがある。けれど彦三郎は、そうした弱さを巧みに微笑に隠してしまう。

その彼の甲冑がひび割れた今こそが好機と、初名は見切った。それで、思うさま切り込んだ。演じた奔放もする娘であるが、思い切りのよさは生来なのだ。

『池尾様は人を傘に入れたとき、自分ばかりが濡れるようにするお方です。とても優しい気遣いなのに、それを指して言う人がいます。自分が役に立つと見せかけたいだけの偽善だとか、誰にでもできる価値のないことをしただけだとか。それすらできない輩が世間には溢れかえるのに、さも善が横行するかのように口先だけで批判するのです。大変に腹立たしいです！』

ひと息に捲くし立てたのち、初名は大きく深呼吸して続けた。

『もちろん誰にとっても素晴らしい人物というのはいないでしょう。でも初にとって、池尾彦三郎は素晴らしい方です。それを軽んじる者は誰であろうとこの初名が許しません。たとえそれが、池尾様ご本人であってもです！』

それは平素、彦三郎が自身を腐す言い口で。だから彦三郎は怒られたのだと思い、いや叱られたのだと思い直した。

どのような拍子の挙句か、初名の言葉は彼の心に甚く響いた。それは頑なな蒙を刺し貫き、決して手に入らないと諦め続けてきたものを受け入れさせた。


かちり、と。

自分の中で何かが噛み合った気がした。

劇的なことなど何ひとつなく、不意にすとんと、心の中で折り合いがついた。

——ああ、そうだ。

昔からこの娘はそうだった。まっすぐに感情を発し、行動に表す。

彼女の積極性は、内に籠もりがちな景久の手を引くためでもあったろう。が、きらきらと万華鏡のように眩いそれは、間違いなく初名の善性の発露だった。そこに少しの嘘もないことを、彦三郎はよく知っていた。

『ちゃんと、伝わりましたか？』

少しばかり不安げな瞳で、初名が彦三郎を見上げる。視線はやはりまっすぐ、彦三郎だけに注がれていた。

はい、と彼は頷き、付け加えた。

『そのような不埒者へは、俺からもきつく申しつけておきたいと思います』

『結構です』

にっこりと浮かべた初名の笑顔を、涼風のように彦三郎は感じる。

かけがえなく自分を思ってくれる人を、人たちを、とうに見つけていたのだと。わかったつもりで、そのことをまるでわかっていなかったのだと、彦三郎はようやく悟った。それは最初から寄り添ってくれていたのだ。

そののち、いいや、と首を振った。見つけてもらったのは、きっと自分の方だ。

『固くお約束します。己を軽んじる真似はもう決してしないと』

満足げにまた初名が微笑み、おもむろに小指を出した。つい釣られて指切りをして、それから彦三郎は、絡めた小指の始末になんとも困り果てたのだ……

「聞いていらっしゃいますか！　約束しましたよね、確かに。もう危ないことはなさらないと！　だのになんだってまた、初たちだけを安全なところへ押し込めて……！」

半ば回想に浸り、暖簾に腕押しの体で笑む彦三郎へ、初名がますます食ってかかる。

「違うのです、お初殿。これまでとは少し違います。お聞き願えますか」

「……あ、はい」

静かな声が、初名の舌鋒を押しとどめた。目を数度瞬かせてから、彼女は首肯して聞く形になる。

「後藤のことからこれまでの半年、自分は嫌なものを見過ぎました。ここだけの話ですが、どいつもこいつもに腹が立ちます。誰もが俺に似ている。まるで自分の欠点ばかりを見せつけられるようで、目を閉じていました」

直近にしてその最たる例が、井上親子だった。

どちらも非常に利己的であり、自身の得だけを追い求めて他を顧みない。

親子らしい似姿と言えなくもなかったが、その本質はそれぞれに異なり、そのどちらもが彦三郎を逆撫でした。

鷲尾御前は、何もかもを思い通りにしたい完璧主義者だった。理屈をつけ、都合をつけ、弱味を握って、権勢を振るう。己の目に入る景色が全て意のままであれば束の間満ち足りるが、その目はほんのわずかな瑕疵すらも許さない。少しでも癇に障るものがあれば、そこへ満身の憤りを、怒りを叩きつけ、我が色に塗り潰してしまわねば気が済まない。

自分への反発などもっての外の、炎のごとき激情家。まるで池尾新之丞のありようだった。

盛隆は真逆である。

彼には鷲尾御前の持つ保身が、逡巡がない。生死の間境を平然と踏み越えるそれは、覚悟と呼ぶには少し異なろう。蛮勇、とでも許するべきだろうか。

目的のためならば、自他いずれをも使い潰して目もくれない。おそらく娘であっても平然と切り捨てる。自分さえ満足できればそれでよい。盛隆はそうした独善的なあり方をする。

その姿はひどくよく自分に似ると、彦三郎は感じていた。彼らに自身を加えた三名とも、世にあるべきではないと思っていた。

「けれど目が覚めました。お初殿のお陰で、俺の足を進める覚悟を得ました」

世には惨いこと、悲しいことが数知れずある。そしてその残酷を好み、楽しむ心地もまたある。誰しもの中に、確実にある。

だが人も世も、それだけではない。

よいものが、あたたかなものがあるのだ。これもまた、確かに。

ならば目を逸らすのも、耳を塞ぐのも違うだろう。清濁を併せて飲んで受け入れて、己と向き合って知らなければならない。

公明正大、一片の穢れのない者などない。どうにか自身を好きになる他、人に生きようはないのだ。

初名の瞳がこの心地をくれた。長く己を縛った鎖が地に落ちる音を、彼は聞いたと思った。

――新之丞とは違う。俺は、池尾彦三郎なのだ。

己の代わりを務める者はないという自己肯定感。自分もなかなかではないかという、男のちっぽけな、だが燦然と輝く誇りのようなもの。

それを得て、彦三郎は井上との対決に乗り出したのだ。

押しつぶされんばかりの才覚を担いながら、我が友はその天分を飼い慣らして見せた。飲み込んで自縛の殻を破り、身の置きどころを見出した。それを間近で見てきた自分が、自分を諦めるのは嘘だろう。

今ならば、そのように思えた。

親しい人々を悉く巻き込む此度のことを、人を都合よく動かす新之丞のやり口だと批判されれば返す言葉はない。

だが彦三郎は、左馬之助の折にもう学んだのだ。自分には、頼らねば勝手に動く奴ばらがいる、と。景久がまさにその典型だった。

ならば初手から人を束ねて、勝率を上げた方が余程良い。

——天をひとりで支えるな。

常々友に告げてきた己の言葉が、返し矢として胸に刺さる。

人を信じ、人に頼る。これだけのことに至るのに、どうしてこう遠回りをしたのか。

「ですからこれは違うのです。身を顧みない無謀ではなく、俺が先へ進むために必要な一歩なのです。それにひとつの決着を見届けて、この心地が落着すれば、そうしたら、そのときにはできる気がするのです」

「何を、でしょうか」

「好いた人へ、胸の内を打ち明けることが」

釣り込まれるように問うた初名へ、彦三郎がそっと返した。

ずっと秘めていた気持ちだった。死して荼毘に伏され、そののちの煙に知れればいいと考えていた恋情だった。

これまでの彦三郎には、自分が子を持ったとして、その子らを幸福にできる未来が見えなかった。また初名のように朗らかな女性が、冷たい池尾の家に閉じ込められるをよしとしなかった。

だが今は違う。そして池尾閥を掌握し、自身の器量を見せた上でのことであれば、清兵衛もきっと頷いてくれるはずだ。まあ妹を猫可愛がりする景久は、少しばかり渋るやもしれないが――

「へーえ」

彦三郎の夢想は、冷めた初名の声で破られた。

「どうして、それを初に言うのですか」

「貴女(あなた)以外の誰に申せと？　清兵衛殿と景久の許しを得るのは無論当然。ですが手前はそれより先に、ご当人のご存念を承りたく思うのです」

「え？」

「うん？」

揃って首を傾げてから、彦三郎ははたと気づいた。佐々木初名は景久の妹である。兄ほどではないにしろ、それでも色恋に関しては筋金入りの朴念仁だ。彦三郎の恋慕の相手を、自分以外の誰かと早合点したのだろう。

どう伝え直したものか彦三郎が困り果てるうちに、困惑した初名は腕を組んで話の流れを辿り直す。そうして、あれ、と声を上げて赤面した。

「え、ええと、初の勘違いでなければ」

「勘違いではありません」

「じゃあ、そういうことなのでしょうか」

「そういうことです」

あたふたと、初名はなんとも胡乱な挙措をした。感情の大波を、動作で発散して和らげようとでもいうふうだった。

「池尾様っ」

微笑ましく見守っていると、若干落ち着きを取り戻した初名が大きく呼ばわる。呼ばわってから、こほんとひとつ咳をした。

「ひ……彦三郎さまは、ますます死んでは駄目になりましたからね！　お怪我をなさったら初は泣きますからね！　尼寺へ行きますからね！　だから危ないことは全部兄上に押しつけてしまってください。兄上なら、絶対全部なんとかしてくださいますから！」

初名の言いは、景久ならばどうなっても構わないとの意ではなく、兄ならば何があっても大丈夫というおかしな、そして全幅の信頼の表出だろう。

相変わらず睦まじいことだと苦笑しながら、彦三郎は初名へ手を伸べた。

ふと立ち戻った子供時分の心地のまま、その頭を撫でかけたのである。

我に返って慌てて戻す指先を彼女が盗み見ていたことに、この才子は気づいていない。

＊

鷲尾山と言えば、かつては鷲尾銀山そのものを、あるいは山中に設けられた鉱夫らの宿場を指した。ただ寝泊まりと煮炊きができるだけの、掘っ立て小屋のような施設である。

今は違う。城下から見て潮路川の上流に築かれた、井上盛隆が別邸を中心として栄える町をこそ、人は鷲尾山と呼ぶ。かつての鷲尾山へは、そこから数里山に踏み入れねばならない。

潮路川の水運を利し、銀を運搬するためだけにあったこの土地を、盛隆は一変させた。

水夫、鉱夫を対象に豪奢な呑み処、食事処、のみならず妓楼までもを誘致し、彼らが稼いだ金銭を、この土地に落としていく仕組みを仕上げた。そこで金の巡りが完結する、ひとつの経済圏を築いたのだ。

その鷲尾山へ向かう、豪奢な女駕籠がある。

「覚えおれや、池尾彦三郎！」

御簾を下ろしたその内で、憤懣やるかたなく怨念を振り撒くは鷲尾御前その人であった。

彼女の向かう先は父の山館だ。顕家に、鷲尾山の視察を容れさせた。そのことを報告すべくである。

藩主の視察は、父の企てに欠かせぬことであるらしい。明確な内容は知らず、鷲尾御前は朧にそれを把握している。だから本来ならば、首尾よく事を成し遂げた彼女の胸は、誇らしさで弾むはずだった。

『失礼、あまり近づかぬよう願います。ひどい臭いで咳が出そうだ』

だが、それを台なしにするのが池尾の声だった。忘れようとて耳にこびりついて離れないのは、昼過ぎに行き会った彦三郎の物言いである。父の勝ちを確信しまたも居丈高に絡んだ彼女へ、彦三郎は辛辣な逆捩じをくれた。

『化粧もそうですが、性根の臭いが特にひどい。もう一度申します。これ以上寄らずにいただけますか』

舌戦と呼ぶにはあまりに程度の低いやり取りだったが、彦三郎のこれは鷲尾御前を挑発し、情報と行動を引き出さんとする探りである。無論そこに意趣があるのは否定しない。

この侮辱に対し、鷲尾御前はただ絶句した。そもそも彼女は口喧嘩をしたことがない。御前の勘気を被った者は、ただ無言でひれ伏すのが当然だったからだ。無抵抗の相手を存分に罵るのが、これまでの彼女の常態だった。だから思わぬ反抗に遭えばたちまち血が昇り、頭が上手く働かなくなる。

――吹けば飛ぶような優男が、何を傲慢に。

思いはするが、舌は自在を失って回らない。興味の失せた目で彦三郎は会釈もなしにそこを去り、後には鷲尾御前と胸の赫怒のみが残された。それは道程で幾度となく反芻され、温度を下げることなく腹中に蟠り続けた。

父の元へ到着したら、傲慢なる池尾の振る舞いを存分に訴えてやろうと思う。この鷲尾御前を辱めたのだ。あの若造は相応の報復を受け、思い知るべきである。

蘇芳丸の扱いが変じたのちより、父はなんの動きも見せない。まるで全てを諦めてしまったかのようだった。

けれど顕家を視察に誘うよう命じられたとき、鷲尾御前はその顔にいつもの色を見取っている。

それは父が必勝の企てを遂行する前にだけ浮かべる、強い命の光だった。父がこの顔色をするたびに、鷲尾御前の地位は高まってきた。井上寿葉を鷲尾御前にしたときも、あの鬱陶しい実城のときも、父は同じ顔をしていたのだ。

だから彼女は疑わない。それが愛娘のために事を起こしてくれるときの顔なのだと。

今回も必ず、面憎い池尾彦三郎を退治してくれるのだと、そう信じて疑わない。なぜならこの井上寿葉は、甚く父に愛されているのだから。

この日、鷲尾御前は亀童丸を連れてはいない。

彼女が城中で亀童丸を連れ歩くのは、愛するがゆえではない。単に装飾品として価値が高いからだ。この子がいれば皆が一層に自分を敬う。そうした無意識の計算があるから、それこそ掌中の珠のように傍らに置いて離さない。

鷲尾御前は我が振る舞いを愛と疑わないが、これは亀童丸自身をまるで見ないものである。愛は愛でも彼女の感情は自己愛の延長であり、それゆえ鷲尾山を訪れるに当たって息子を伴わなかった。その存在がなくとも、鷲尾山での彼女は十分に尊敬と畏怖の眼差しを集めうるからだ。

斯様に我が子を扱いながら、しかし彼女は父の愛を疑わない。

なぜなら、それはかつて示されたものだからである。

鷲尾御前こと寿葉は、誰からも愛される少女だった。

幼い頃より器量がよく、長幼の別なく周囲の誰からも可愛がられた。唯一そうしなかったのは、父の盛隆のみであった。好きなだけ物品を買い与えてくれはする。だが父の振る舞いには常に投げて寄越すようなぞんざいさが横たわり、彼女はそこに愛情を感じられなかった。世の中で唯一自分を愛さぬのが父のように思えた。

母に不満を訴えもしたが、『お父上は忙しいのです。家のため、延いてはあなたのためなのだから、我慢なさい』と窘められるばかりである。

そんな父から、寿葉はあるとき、櫛を授かった。飴色の、高価な鼈甲櫛だった。

たまさかに親類の集まりがあったのでそこで見せびらかしたところ、それが原因で同い年の女の童と諍いが生じた。子供の喧嘩であったが、その折突き倒された寿葉は下手に転び、頬を切った。

後から事を知った父は激怒した。寿葉に怪我を負わせた娘とその親をひどく罰し、以後、井上一門に席を許さなかった。過剰なほどに娘贔屓な沙汰である。

『櫛などはいい。お前の身に何かあったらどうする。己を慈しめ。父が望むのはそれだけだ』

そうして告げられた言葉は、今も耳にある。それは井上寿葉の、鷲尾御前の自己肯定感の根底でもあった。

もし彼女の精神を覗き見られる者があったなら、きっと気づいたことだろう。

手に入れたものはあって当然と扱い、手に入らぬものばかりを追い求める。井上寿葉のそうした性根は、斯様に育まれたのだと……

「雨ケ谷」

満ちた静寂の中で、井上盛隆が声を発した。

ところは鷲尾銀山井上別邸、盛隆私室。城より戻った寿葉の報告を受けたのちである。続けて池尾彦三郎に関する憤慨を喚き散らしはじめた娘を、盛隆は適当な宥めで退出させていた。彼にしてみれば、小娘の機嫌など最早どうでもよいことだった。

ゆらりと淡い行灯が照らす一室にあるのは盛隆と、その眼前に胡座する男の二人のみ。昔から、最後の詰めはこのふたりだけで行ってきた。

「抜かりはないな？」

「無論」

手酌で呑む男に問えば、間髪をいれず頷きが返った。ならばよしと盛隆は頷く。埒は明いた。大喜顕家暗殺の企ては動き出した。そのことを今一度噛み締める所作だった。

無論ながらこれは、娘のための計画ではない。もとより盛隆は潮時を見定めていたのだ。

彼の腹の奥に、懐かしい熱がある。それは命の、破滅の瀬戸際でいつも覚える、ひりつくような温度だった。

舌で舐めて唇を湿し、盛隆は再び傍らを見やる。揺れる蝋燭の火が、彼の見やる相貌に濃い陰影を投げかけていた。視線の先に座す男の名を、雨ヶ谷道祖という。薄く半眼を開けた、ひどく酷薄な相をしていた。

今は井上家中で士分を気取る身であるが、元来は盛隆と同じく鉱夫上がりの男だ。特に坑道における暴力に通じ、鷲尾銀山現場のまとめとして働きを見せている。

鉱夫らに贅沢の味を教えとろかすのが隆盛ならば、腑抜けたその背筋に氷を差し込むのがさせてきた。

道祖だった。盛隆への忠誠を試すとの名目で、時に熱した鉛を自ら握らせるような真似すら

無論ながら、これは単純な嗜虐行為ではない。

道祖が厳しく恐ろしくあることで、隆盛をより慕わせる意図的な仕組みであり、その阿吽（あうん）の呼吸からも窺（うかが）える通り、道祖と盛隆の仲は古い。長く連れ立つ人生のその道中で、ふたりは幾人もの命をあるいは計画的に、あるいは恣意的に奪ってきた。己の利のために他者を害することへの躊躇を、彼らはとうに投げ捨てている。

そんなふたりが顕家のために企てたのは、事故に見せかけての暗殺だった。

銀山視察の折、好奇の心から坑道に入り込んだ顕家は、供回り諸共（もろとも）不幸な落盤に巻き込まれる。辛うじて顕家のみは救出できたが既に虫の息であり、今際（いまわ）の際に、「後は盛隆と亀童丸に託す」と遺言して絶えた。

おおよそそのような筋書きによる、嫡子すげ替えの目論見である。蘇芳丸が御目見え前であることにつけ込んだ、誰も本当にはしないであろう筋書だった。

だが見え透いた強弁も、権勢ある者がすれば真実となる。これを確かにあったことと受け入れされるだけの力を、盛隆は蓄えてきた。我が孫が藩主となる見込みは十二分にある。

顕家を鷲尾山に招いた時点で、盛隆の殺意を見抜く者が出るとは織り込み済みのことだっ

た。が、悟ったところで即応できる者など御辻に皆無と考えていた。平和に寝ぼけたこの藩は、左馬之助の例を引き合いに出すまでもなく、あらゆる事柄に鈍重なのだ。

また、もし仮に果断の者があったとしても、井上が手勢に抗するだけの兵数を、一朝一夕に集めるは不可能である。

とはいえ強引極まるやり口であり、不安要素は無数にある。それでも盛隆が弑逆の凶行に踏み切ったのは、池尾と佐々木を恐れたからだ。

穏当で真っ当なやり口では、最早両家の連合に抗し得ない状況にあると盛隆は見ている。池尾彦三郎と佐々木景久は順風を受けている。

当然ながら、盛隆は彦三郎を見知っている。以前顔を拝んだ折の印象は、腰の重い御曹司、決断の下せぬ小才子。抱いていたのは、そのような印象だった。突きつけられた難題を解くのは得手でも、自分から何か始める動力を持たない。自信が足りず、風に乗れない。飛び方を知らぬ雛だ。

それが翻って、このところは類を見ない切れ味である。喉元に後藤左馬之助の刃を添えられ、それで化けたものだろうか。

彦三郎が殻を破った理由は知れぬが、勢いのある人間は油断ならない。竜は多少の妨げなど気にも留めずに雲を掴んで天へ昇るものだ。

かといって、彼らの失速を座して待つも悪手だった。時が経てば勢いは削がれよう。だが彦三郎は愚かではない。そうなる前に確固たる地盤を築き上げることだろう。若さというものを軽侮すべきではないと、盛隆はよく知っていた。ゆえにそれを打ち砕くには、乾坤一擲をもってせねばならない。

慣れ親しんだ死線の気配に、盛隆の性根は熱を得た。

幼少期を鉄火場で過ごした盛隆の精神の根底とは、真正の博徒である。

親の顔も知らず育ち、裸一貫から成り上がったこの男は、大事に抱えるものがない。もとより手のひらには何もなかった。ならば一朝身を滅ぼそうと、失うものなど何ひとつない。そうした刹那的な思考が彼には染みついている。彼は命を軽んずる。他者のもののみならず、自身のそれも等しく。

得るものしかないのだから、盛隆にしてみればどんな大博奕だろうと一切の損がない。それが命の実感を生み、胸の洞を埋めると思えば尚更望むところである。

己の道理以外を歯牙にもかけないこの心理が、彼に池尾との正面対決を選択させた。妥当に池尾へ下る道もあったが、それでは少しも面白くない。

そして盛隆が事を起こす決断をした最後の理由が、鳥野辺林右衛門である。

佐々木景久という男を、井上盛隆は警戒していた。死に体であった池尾を、ただ友情のみを理由に救った剣士。そのありさまの美しさを、正しさを危惧していた。

たったひとりの猛者が、単純な暴力が、綿密な謀略の網を噛み破るさまを、盛隆は幾度も見てきた。後藤事変に際しての景久は典型的なその例である。

そしてこの種の強者は、いつでも、どこにでも現れることも、盛隆は知悉していた。

彼らは不思議と欲を持たず、そこここで安穏と暮らしている。そうして至極つまらぬ理由で、思わぬときに盛隆のような邪の前に立ち塞がるのだ。まるで夜明けに差し込む光のように。そうなれば悪事は破れるより他になくなる。

文字通り命賭けの渡世で盛隆が得た、これは圧倒的な経験則であり、教訓だった。

鷲尾山は御辻の土地だが、それよりも深く井上に属する。特に山は盛隆の庭であり、つまり顕家にとっては逃れ得ぬ死地のはずである。踏み入れれば命を落とすが必定と言えよう。が、この確定的な状況を平然と覆すのが、唐突に現れるこの手の輩だ。

おまけに佐々木景久と池尾彦三郎には厚誼があると知られている。一方が動けば一方も必ず連れ添おう。景久を制さねば、どこからでも暗殺計画は崩壊する可能性がある。

この憂慮を打ち消したのが、鳥野辺林右衛門の存在だった。それはひと月ほど前、自ら盛隆の掌中に転がり込んできた業物である。

『斬られて惜しくないものはあるかな?』

そう言って、巨漢が鷲尾山を訪れた。

初めは世に高い武名を名乗って金品を強請る、騙り者であろうと思った。ゆえに適当に追い払うように言いつけた。

家中の者が門前から追い立てようとしたが、しかし男はびくともしない。どころか『大喜顕家の一件に、助太刀しようというのだよ』などと言い足したのだ。

到底、世に出してよい言葉ではない。斬れ、と盛隆は命じ、家来衆は躊躇いなく抜刀した。

そうして、現実は盛隆の想定と真逆になった。

ひと太刀。

ただのひと太刀だった。いつ抜いたものか、男の手には背に負っていた大太刀が握られていた。これによる無造作としか思えぬ一刀が、受け太刀ごと六人を輪切りにしたのだ。そう理解する間もなく、巨漢の剣が再び閃く。どうした秘技か六つの顔面が同時に切り飛ばされ、無残に赤い断面を晒した。

『据え物斬りだが、いかがか』

嘯かれた言葉に、隆盛は慄然とした。

この男は、『斬られて惜しくないもの』を求めた。押しかけ助っ人を名乗る以上、まず自らの腕を示すつもりであったのだろう。だから抜いて前に出た侍たちを**それ**と断じ、よって全て斬った。

凄惨極まる光景に——否、男の纏う鬼気に、居合わせた全ての者が顔色(がんしょく)を失くす。

『失礼をした』

そのうちで最も早く我に返ったのは、やはり盛隆だった。直ちに平伏せんばかりの詫びを入れ、諸手を挙げて彼とその一党を迎え入れた。

受け入れねば藩に訴え出られる可能性があったことも、無論ある。

だがそれ以上に、この男の言い知れぬ剣が魅力だった。

眼前の光景は、盛隆の心胆をも寒からしめるものだ。だが同時に、これほどの強者があれば、と思わせるだけの光景でもあった。音に聞く鳥野辺林右衛門本人かどうかなど問題ではない。これは必ず役に立つ。

当然ながら、長く手を組める相手ではないと、盛隆の人間観察は言っている。だが顕家の命が絶えるまでのわずかの間であれば、どうにか手懐けておけるだろう。

斯(か)くして、賽は投げられた。

寿葉が顕家を動かし、あとはその到着待つのみの段階となっている。娘は愚昧なりに役だった。後は自分が上手くしてのけるだけだ。決着をつけるばかりだ。

腹の底の火を弄(もてあそ)びながら、盛隆が酒杯を傾ける。

「盛隆様！」

そこへ、注進が入った。

「どうした」

「その、池尾彦三郎様がご来訪なされました。夜半(よわ)なれど至急の詮議ありとのこと。いかがなさいますか」

一瞬、盛隆は道祖と目を交わす。

「彦三郎殿おひとりではあるまい。同道は幾名だ」

「それが、ただおふたりで……」

真っ当な詮議の使者とは思えない人数である。ならばもう一名は、佐々木景久で間違いなかろう。

——仲良しどもが、雁首揃えてご出座かい。

思って、盛隆は舌打ちをした。

池尾彦三郎はまだしも、佐々木景久と自分は甚く相性が悪い。そうした感覚が盛隆にはある。顧みれば後藤の浸食を打ち払い、池尾を裏切った直後の井上を危うくしたのも彼なのだ。

このような対峙は望ましくない。

——やるじゃねぇか、若造ども。

盛隆は伝法に思い、そして我知らず口角を上げた。その望ましくない状況に、自分を追い込む迅速果断が心地よかった。

「某が応対する。庭に入れろ」

襟を正して立ち上がり、次いで道祖に命じた。

「まず荒事になるぞ。使えそうなのを叩き起こせ。それから鳥野辺を呼んでおけ」

「ご詮議とのことですが、一体何についてですかな？」

如才ない顔で門前に対応に出た盛隆は、言って彦三郎の面を見つめた。笑みのうちに鋭い視線を浴びせたが、小憎らしくも若造はなんの動揺も見せはしない。月明かりにも確かなすまし顔である。

「ああ、それについてはまたおいおい。まずは確かめたき儀がございまして」

「一体当家の、何を確かめるおつもりで？」

顕家暗殺について声高に問い詰めてくるだろうと踏んでいたが、予想を外してくるものだ。まずは証拠固めをしようとでもいうのか。

思いながら盛隆は、油断なく目を走らせた。道祖に駆り出された腕自慢の中間、鉱夫が、後背の庭に集い出しているのを感知する。

今少し頭数が揃ったなら、そこが潮目だ。門内へ招き入れ、押し包んで始末する腹を盛隆は括っていた。

――池尾と佐々木、ふたりの若造は、そもそもここを訪わなかった。それで済ますさ。

見方を変えれば、政敵と不安要素を事を起こすその前に排除できる格好である。

「井上殿の兵力をです」

殺意を漲らせたところへそう差し込まれ、盛隆は束の間言葉を失くした。どういう着地点に至る話か、彦三郎の意図を掴み損ねたのだ。その様子に気づかぬ素振りで、彦三郎は続けて紡ぐ。

「何せこの鷲尾山は、荒くれ者が多いと聞きます。殿のご視察の折、玉体（ぎょくたい）のみならず御一行にもしもがあれば一大事。ゆえに警護の人数を出さねばなりませぬが……」

言い淀むように口を噤み、それからわずかに声を潜めた。

「多く出し過ぎれば、それは井上殿を侮ることになる。逆に人が足りず不測が起こらば大喜家の名折れ。とはいえ明け透けに入り用の頭数をお尋ねするもまた、井上殿へ信頼がないようでよろしからぬ。そのように殿はご懸念なされております」

頭家を守るに足るだけの兵数を示せとは、白々しい物言いをするものだった。暗に弑逆（しいぎゃく）の企ては掴んでいると告げたに等しい。

「そこで詮議と託つけてまして、まずは実力を拝見しに参った次第です。皆様方の益荒男ぶりをご披露いただき、それを具にお伝えするは殿のご宸襟を安んじるに繋がりましょう。加えて池尾が井上に稽古を施したとの風聞は、両家に異心なしと世に知らしめる働きもなしましょうな」

囁くように盛隆に告げたのち、彦三郎は今度は声を大にする。

「……ああ、ご安心めされい。相手はこちらの佐々木景久が務めます。稽古傷以上のものは、きっと手加減してつけませんよ」

彦三郎のいやらしさは、これを邸内の荒くれどもに聞かせたところにある。

鉱夫たちの血の気の多さは先にも述べた通りだ。腕に自負のある彼らは、当然ながら激高した。それが彦三郎の思惑とも知らずに。激情はたちまちに伝染して拡大し、中間のうちにも声を荒らげる者が出る。

「井上様よう、おれらもちょうど、腕試ししたいと思ってたんでさあ」

「噂の佐々木様とありゃあ、一本取れば武勇伝だ。お許し願えませんかねぇ」

「酔いどれだからなあ、こっちは加減はできねぇかもだけどなあ」

こうなれば道祖の睨みも利くものではない。だが、そもそも利かせる必要はないと盛隆は判断を下した。

「それはありがたい。ではひとまず、今屋敷にいる者だけにでもご教示願えますかな」

一歩退いて道を空け、彦三郎を邸内に招く。

道祖の指示だろう。庭には複数の篝火(かがりび)が煌々と焚かれていた。多勢の側が暗中で恐れるのは同士討ちであるから、当然の手配りと言える。

その眩しさの中へ、彦三郎と景久は平然と歩み出た。たちまち、盛隆の手勢が十重二十重(とえはたえ)にふたりを囲む。

「何が起ころうと事故だ。責は問わん」

盛隆の言いに応じるように、景久が腰の二刀を抜いた。

「おいおい」

その刀身を認めた間近のひとりが、呆れ果てたとばかりに声を漏らす。

「竹光じゃねぇか！」

嘲り笑った男の横面を、直後、痛烈にそれが叩いた。無造作に踏み込んだ景久の片手薙ぎである。男はもんどり打って地を転げ、そのまま起き上がることはなかった。見れば泡を吹いている。完全に意識が飛んでいた。

「歯を見せるのはいかんな。それは油断だ。油断すれば稽古とはいえ、こうなる」

「てめぇ……！」

一瞬だけ静寂が落ち、しかし多勢に無勢の状況が彼らに火をつけた。

満ち満ちた敵意と殺意を涼しい顔で受け止めて、うむ、と景久は二本の竹光をだらりと垂らす。

「では、始めようかね」

特に考えのない景久の言葉を挑発と受け取り、鉱夫らは骨も肉もぐずぐずになるまで叩いてやろうと得物を構えた。竹刀、木刀がほとんどだが、本身を抜く者もすぐに出ることだろう。

「思い知りやがれ！」

吠えて、ひとりが進み出る。

が、出たと思ったそのときには、握った木刀が天高く跳ね飛ばされていた。景久による、下段からの一撃である。意図せず諸手を挙げた格好になった男は唖然と夜空を仰ぎ、数秒後その真横に、天から戻った切っ先が突き立った。

「まとめてで構わんぞ」

「図に乗りやがって！」

斯くして、一対数十の荒稽古が開始され——しかし趨勢は一方的なものとなった。

景久と彦三郎を押し包んで斬殺し、山へ隠してここへは現れなかったものとする。そんな盛隆の展望は簡単に一蹴された。

景久は両手に握った木刀を、まさしく木っ端のごとく振り回す。無造作なこれを受ければ、受けた刀ごと人が飛ぶのだからひどい話だった。まるで瓦を散らす大風である。景久に挑みかかった鉱夫どもはたちまちに打ちのめされ、吹き散らされていく。

実のところ、これは単なる膂力のみの仕業ではない。梅明かりの要諦をそこここに活かした立ち回りであると、見る者が見れば気づいたろう。

が、このさまを見守る彦三郎には、残念ながらそこまでの剣才はない。ただ苦笑いして首を振るばかりである。

彼は初手から、数歩退いた位置取りをしている。景久の圧倒的な暴威は、荒くれどもに彦三郎をどうこうしようと考える暇すら与えない。ゆえに友に矢面を任せ、彼はひたすら景久の死角からの弓鉄砲に目を光らせていた。そうした配慮こそ我が役目と任じてのことである。

その彦三郎と景久の双方を視野に収め、同様に観察を続けていたのが道祖だった。本来は彦三郎を打ち倒して人質に取る腹積もりであったのだが、景久が引き起こすあまりの傍若無人に、彼は狙いを変えざるを得なくなった。

池尾彦三郎はいつでも取れる。だが佐々木景久は駄目だ。こいつは凶刃ひしめくこの夜のうちに屠らねばならない。

どう見てもこの男は異常なのだ。振るうのはさして力の籠もった打突ではないのに、当たればぽんぽんと人が飛ぶ。

数十人からいたはずの手勢は、もう半数が薙ぎ倒されようとしている。噂半分に聞いていたが、あの後藤左馬之助を退けた剣客というだけはあった。

お上をも恐れぬ荒くれどもの毒気が失せていくのが肌に感じられた。一度景久に飛ばされた者は、立ち上がる気力すらも吹き飛ばされるようだった。あれは自分の立ち向かえるものでないと、ごく自然に納得させられてしまっている。

そうなっては、いくら脅そうと鼓舞しようと金で釣ろうと無駄だろう。一度心を挫かれた者が、目先の利に釣られることはまずない。

このまま好き放題を許せば、井上の武力が瓦解しかねない。顕家の家来衆を押さえて殺すだけの頭数は、どうしたって入り用なのだ。何も考えず煽られる粗暴の数は必要不可欠だった。

意を決した道祖は気配を殺し、すいと景久へ忍び寄る。

まともにやれば勝ち目はないというのなら、まともにやらなければいいだけの話だ。

そのように道祖は思う。

彼には自前の観察眼を十全に活かした奇襲の技がある。獲物の知覚範囲を把握し、その感知の外より仕掛ける術がある。それは坑道の闇で人を屠る、鉱夫どもを震え上がらせた剣の形だった。

てんでばらばらに襲いかかる鉱夫たちは、道祖にとって生きた障害物、生きた坑道と言える。穴倉の凹凸（でこぼこ）に身を潜めるようにその遮蔽（しゃへい）を利用して、打ちかかる人に紛れ、篝火の明暗に紛れ、実体のない影のように景久の背後へ位置取った。

彼の手が握るのは、黒く焼かれた抜き身だった。幾人もの血を絡めてきた刃は光を弾かず、人の目に認識しがたい。

そのまま身を低め、呼吸を殺し、機を窺う。

そうして、そのときは来た。

景久の前方から、ふたりが同時に打ちかかる。応じるべく景久の足が前に動いたその瞬間、道祖は引き絞られた矢のような片手突きを放った。低い位置から、狙うは盆の窪（くぼ）である。

景久が感づいた様子はない。

取った――と思った。

だが首への致命の一撃は、絶対の死角からの奇襲は、景久が背なに回した竹光になんということもなく受けられていた。同時に景久のもう一刀は、前のふたりをまとめて払い飛ばしている。

驚くよりも先に、後ろ蹴りが腹に来た。なんたることか景久は、ここまで道祖を振り返ってもいない。

一間（約一・八メートル）ほども飛び、げえげえと吐瀉物を吐き出しながら、道祖は悟る。

当代の侍など臆病者の腰抜けばかりだと思っていた。が、目の前にいるのはそんな腑抜けではなかった。どころか、人間とは思えなかった。これは敷次郎——坑内に出るという妖物だ。いや、山神だ。人の形をしているから思い違った。この男は、決して逆らってはならぬ類の神威の化身なのだ。

そう気づけばもうたまらなかった。得物を投げ捨て、道祖は一目散の逃げを打つ。

「……」

その敗れざまを見届けて、盛隆は苦笑いした。彦三郎のものとは異なる、諦念のそれだった。こんな馬鹿げた光景を目の当たりにすれば、それ以外に術もない。

加えて盛隆は、道祖ならばそういう選択をするだろうと知っていた。彼は素直に負けの目に殉じる人間ではない。生き残れよ、と胸の内だけで声をかける。

そうして、深々と嘆息した。

いつもそうだ。盛隆の前に立ち塞がる者たちは、いつも不利を選び、無茶ばかりをする。まず勝ち筋のない道を選びながら、けれどいつの間にか決定的な好機を握っている。最後の最後で、いつも自分は勝ちを得ない。

きっと、正しくも美しくもないからだろう。そのように盛隆は思う。

何かを正しい、美しいと思う感覚が、誰の心にも備わっている。余人に教えられるではない、おそらくは赤子の頃から生まれ持つ感性だ。

それに従い、善性を発揮して生きることを幸せと呼ぶのだとすれば、自分に幸福はない。正しさ、美しさばかり蔓延(はびこ)るのが世だと言うのなら、此岸(しがん)に自分の居場所はない。

盛隆は世の言う正しさ、美しさからはぐれて生まれた。そうして正しくも美しくもなく育った。そうでなければ生き残れなかった。そうであったからこそ、その眩さに固執した。

本来ならば、歳を経るにつれ鈍麻(どんま)していく純粋さであったろう。人は皆、諦めを得て、理想と現実の折り合いをつけていく。眩いものを直視し続ければ目を焼かれるばかりで、だから普通は顔を伏せて閑居に籠もり、己の小さな幸福に耽る。

だが、盛隆はそうしなかった。そうできなかった。

彼は世にある煌きに己の理想をさらにくべ、より強い光輝として見つめ続けた。

そして思った。一度だけでいい、これに勝(まさ)りたい、と。

曇りのない幸福を、満ち足りた心地を味わってみたかった。いつしかそれが盛隆の、一生を賭した悲願となった。

やがて身分を得、富貴を得、権力を得たけれど、彼が満たされることはなかった。盛隆は、間違って汚れたそのままだった。

だから、仕方のないことなのだろう。今宵(こよい)敗れるも世の必定であるのだろう。憂えた通り、佐々木景久はどうしようもない正義のようだ。この正しさに噛み合わせるべく用意した鳥野辺林右衛門が姿を見せないことも、盛隆の納得を深くしていた。

行くところまで行けば自分のかたちがわかるようにも思えたが、結局自分は負けばかりを見て終わるようだ。まあ、どうせ全てはこんなものだ。正と邪、いずれも理不尽と決まっている。

悔いはなかった。そもそも、井上盛隆は失うものを何も持たない。

荒稽古から目を切って背(そびら)を返すと、彼は屋敷の奥へ足を向けた。

やがて、夜に動く者が絶えた。残るは痛みに呻(うめ)き苦しむ声ばかりである。景久にあるいは打擲(ちょうちゃく)され、あるいは飛ばされた連中に、もう何をする気力もないようだった。

「辟易した顔だな、彦」

竹光をひと振りし、周囲を確かめながらやって来た景久が言う。

「ご賢察だよ、景」

友人のなし遂げた仕業に、彦三郎も刀を納めて肩を竦めた。

「覚えておくといい。お前の敏腕を見せつけられる、日頃の俺の気持ちがそれだ」

自身ではなく友人を自慢する景久に、褒められた当人は今一度首を横に振る。いくつもの馬蹄が聞こえてきたのは、そのときだった。

すわ井上の加勢かと身構える彦三郎を、景久が制する。呆れ顔の彼が指す先をよくよく見れば、先頭の馬上にあるのは秋月外記の姿だった。

「なんだ、始末のついた後かよ」

漏らす外記の不満顔は、遊び仲間から外された子供のようだ。そこへ、「先生」と彦三郎が咎める声をかけた。

「守りをお願いいたしましたが？」

「ああ、清兵衛の奴がよ、藩に手を回してやがってな」

悪びれずに応じながら外記は鞍から飛び降りる。病身で城下から馬を飛ばした後のことだ。案じた景久が駆け寄ったが、すげなく片手で追い払われた。

「何をどう言いつけたかは知らねェが、藩兵が随分と押しかけてきてな。後は任せろというものだから、いくらかを連れて馳せ参じてやったのよ」

この師にしてこの弟子ありかと、彦三郎は自身を棚上げして外記と景久を見比べる。すると外記はようやく少し気まずげにして頭を掻いた。

「まァ、あれだ。戦に勝って城を落としたところでよ、占拠し続けられねェなら、その勝ちは一時のものだ。だから人手を連れてきたってことにしときな」

師弟が語らううちに、藩兵たちも下馬を終え、続々と周囲に集まってきている。景久によって折られた井上家中の意気は、そのさまにとどめを刺されたようだった。

「ところでよ」

馬の鼻面を撫でながらぐるりと見渡し、外記が訊ねる。

「おまえら、馬はどうした？」

「門外に繋いでおります。逃げ帰る場合に利便と思いましたので」

「支度のいいこった」

馬立を探していたらしい外記は、彦三郎の返答を得て手近の庭木に馬を繋いだ。次いで、景久の肩をぽんと叩く。

「景久、疲れたか」

「いえ、そこまでは」

「大したもんだ。が、まあ休めるときに休んでおけ。ここはおれが見ておく」

これを盗み聞き、鉱夫たちの顔にわずかな希望が色づいた。

外記の見かけは、骨と皮ばかりの老人である。彼が率いてきた藩兵も、武装するとはいえ頭数は多くない。佐々木景久なる規格外の化け物さえいなくなれば、どうにか闇へ、山へ逃げ込む機会が生ずるのではあるまいか。そのように考えたのである。

「景久、貸せ」

彼らの心の動きを読み切り、外記は弟子の竹光を分捕った。すたすたと庭を歩み、石燈籠(いしとうろう)の脇で足を止める。

「おい、洟垂れども」

外記はすいと刀身を夜天へ掲げた。いつ抜いたのか、誰の目にも見えなかった。

「おれは親切だからよ、最初に警告しておいてやるぜ」

言って、竹の刀身をひと振りした。

空を斬る音はしなかった。代わりに何か焦げた匂いが鼻に届き——しばしののち、どすりと重い音を立てて、石燈籠の上半分が地に落ちた。それは火袋の下部で、横一文字に両断されていた。

誰か、何でなした仕業かは言うまでもないことである。

見れば石の断面には、わずかに角度がついていた。この傾斜がため燈籠上部は自重を支えきれず、斬撃より数呼吸遅れて滑り落ちたのだ。

「おれにとっちゃ竹光も本身と変わらん。むしろ軽いぶん勝手がいい。わかったか」

ひと振りして、切っ先を荒くれどもへ向ける。

しん、と場が静まり返った。誰を指すでもなく向けられた切っ先を、誰もが己の眼前に感じていた。金縛りのように動けない。

「名刀だろうと、これをする人間はそういませんよ」

無造作な絶技に、彦三郎の声音には感嘆よりも呆れが滲む。

「ただの曲芸さ」

嘯いてから、手元も見ずに鞘に納めた。

＊

井上別邸が池尾の手に落ちて半刻。

鷲尾の山中をひた走るひとつの影があった。雨ヶ谷道祖である。

道祖は、自分を我慢の利く男だと考えている。明日の数百銭のために、今日の数十銭を見送ることができる。

この逃走も、まさにそれだった。

井上盛隆のもたらしてくれた富と名誉は途方もないものだ。

だがもし今宵、それを守ることに一瞬でも固執していたなら。自分もまたあの化け物に、粉々にされていたことだろう。再起を望む心も生き延びる心も打ち砕かれ、諾々と盛隆に連座して打ち首獄門の憂き目を見たで間違いはない。

だから、堪えて逃げる判断をした。そこには屈辱も怨恨もない。大水を避けるようなものだ、というのが道祖の感覚である。災禍に見舞われることを恨むより、命を長らえたことを幸いとするべきなのだ。

盛隆は、あそこで果てるつもりだろう。

彼は手にしたものに頓着せず、全てを賭けることのできる人間だった。勝ちの目が出ればこの上なく大きな成功を手にしうる生きざまだが、同時にそれはいつか、必ず破滅する人間の形でもある。

長い付き合いで、いくつもいい目を見させてもらった。しかしその衰運に巻き込まれたのではたまらない。その滅びにまで付き合ってやる義理もない。

よって道祖は、予てこのような終焉の到来を予期し、備えていた。逃げる先、身の処し方の算段があった。

鷲尾山に大分わけ入った頃、ようやく道祖は足を止めた。ひと息入れ、人心地をつける。闇と木立を透かし井上別邸の方角を鋭い視覚で眺めやれば、遠く、門内を照らす篝火と行き交ういくつもの影が見て取れた。そこに騒動の気配はなく、既に勝敗が決した後の光景なのは明白である。

やはり自分の我慢は正しかった。敗北の光景を見下ろしながら、にんまりと道祖は笑んだ。まず、このまま逃げおおせるが叶おう。山は道祖の庭であり、彼の足跡は到底里人(さとびと)の追えるところではない。

夜気に冷えつつある汗を拭い、道祖は再び駆けだそうとした。退却を完全とすべくであったが、ぞっと怖気が脳天からつま先までを突き抜けたのはそのときである。

弾かれたように振り向けば、夜の中にさらに黒く、鬼気の主は道祖のすぐ傍らにあった。

雨ヶ谷道祖の鋭敏な五感を潜り抜け、ごく間近まで近づいてのけた者があったのだ。咄嗟に飛び退(すさ)った肘が、中空で掴まれた。道祖の運動を意にも介さぬ強力(ごうりき)で、そのままうつ伏せに引き倒される。

「……」

検分のように、それは道祖をじっと見下していた。

「お前だな。ああ、お前だ。間違いない。実に覚えやすい歩様と五体で助かった」

やがてぽつりとそう零す。

地べたから首だけをもたげ、その間(かん)に道祖も影の姿を検めていた。佇む巨躯は、星明かりにも見誤るものではない。その正体は鳥野辺林右衛門。今宵の騒動の初めから、姿を晦ましていた男である。

「あれは、どうだった？」

何を言うより先に問われた。どうしてか、「あれ」が指すのが佐々木景久だと即座に知れた。

「どんな顔をしていた？　お前には、どう見えた？」

「……」

道祖は一旦口を噤む。鳥野辺林右衛門の問いの魂胆が、まるで窺い知れなかったからだ。

――こいつは一体、何を目論んでいる？

端的に言ってしまえば、佐々木景久は化け物だ。鳥野辺林右衛門と同じ類の。

だがそれを素直に口にすべきか、道祖は迷った。彼の生殺与奪は、ただいま明白に林右衛門に握られている。受け答えをしくじれば、直ちに首が飛びかねない。

切所(せっしょ)を抜けるべく知恵を凝らしかけ、だが道祖はすぐさま余計な思考を投げ捨てた。その種の小賢しさは、林右衛門のような剣士の嫌悪するところだろう。

ゆえに彼は我慢を選択した。しぶとく生に縋るべく、問われるままに、また問われぬことまで詳(つまび)らかに所感を語った。奇襲を仕掛けるその前に感得した剣筋を、膂力を、垣間見た性質を。諂(へつら)うがごとく道祖は回答した。

景久のありようを思い返すうちに起きた、道祖の身の震え。林右衛門にとっては、それが何より雄弁であったのだろう。聞き終えた彼は深く息を吐いた。実に満足げな呼気だった。

万力のような手が開かれ、道祖の腕が解放される。

——命拾いしたか。

すぐに跳ね起きはせず、伏せたまま道祖は様子を窺う。林右衛門は、先の道祖がごとく井上別邸の光を見ていた。息をつめたまま次の行動を待つうち、その視線がふいとまた道祖を向く。

その一視を浴びた直後、道祖の背筋は再び凍えた。

——なんだ、これは。

それは人へ、生き物へ向ける視線ではなかった。無関心にして無関係の無機物を見る目だった。まるで死者を見る目つきだった。

遅まきながら道祖は、林右衛門が備える異形の精神を感知する。

道祖の天賦を一口に述べるなら、それは五感の鋭敏であった。特に視力に優れ、道祖が目から得る情報は並外れて多い。

正確極まる彼の目は、たとえば対峙する者の背丈と肉付き、握る刀の長さと重量などから、刃の速度や踏み込みの強さを完全に見極めることができた。その一刀が届き得る間合いを、生み出す破壊と衝撃を正確に把握することが可能だった。

のみならず頭や首の向き——正対してなら眼球の動きすらを加味して、相手の視野を割り出すことすらもできた。

この視力が道祖に与えたのが、死角よりの奇襲術である。不可思議にも佐々木景久には凌がれたが、彼はこの秘技をもって幾人もの格上の剣士を屠ってきていた。

また、異能が役立つは殺し合いにおいてばかりではない。

対人関係においても、それは十分に発揮された。玉石混交の中から盛隆という才覚を見出し手を組んだのも、この目の働きによるものだ。

人を読み、機を見る。観察に特化した道祖の生得は、梅明かりの術理に似通いもする。

そしてその目は、このとき林右衛門の全貌を把握していた。

これは己の理由以外で決して動かぬ男だ。己の理由だけで、世の一切を恣にしてのける生き物だ。彼の理は、彼自身にも曲げえない。

その理解は、道祖に死を確信させた。

生への道を歩んだつもりで、何かを踏み違えたのだ。否。そのような道は初めからなかったのだ。この男の前では。

悲鳴のような叫びで、道祖は地面から跳ねた。

自分は必ずここで死ぬ。運命のように不動の成り行きを知悉しながら、それでも佩刀を抜き放つ。

ほう、と林右衛門は彼の動きを賞賛した。殺意を気取られたは久方ぶりのことだ。無論殺意と言っても、世の全てを有象無象の等価と見る林右衛門である。そこに強烈な感情は存在しない。彼は、ただ案じただけである。この男は、佐々木景久に意趣を覚えているのではないか、と。

その場合、報仇雪恨（ほうきゅうせっこん）を企てぬとも限らない。そして雨ヶ谷道祖は己の及ばぬ相手に対し、搦手（からめて）の手間を惜しむ種類の人間ではない。家族、縁者、そうしたものを巻き込んで、酷薄無残な報復を実行することだろう。

最前見かけただけの所感だが、林右衛門は佐々木景久と池尾彦三郎を、ともに好漢であると感じている。どちらも覚える努力の対象となる相手だと思った。だから林右衛門は、彼らが道祖ごときに憂き目を見せられるを好まなかった。それはどうにも気分がよくない。

林右衛門なりの親切心が働き、それで、斬っておくかと思った。どうせ死人と同じ顔なのだ。ならば動かなくなるのが当然である。

言葉はないまま、しかし双方の意思が双方に伝播して、両名は同時に動いた。

雨ヶ谷道祖は考える。

物陰に、暗がりに潜む鉱夫剣法のやり口とは、つまり閉所で障害物を利した戦闘術である。

山中の林間という状況は、この特性を十二分に活かせるものだった。

加えて、林右衛門の得物は背に負う大太刀である。

この地形でそのような大物を振るえば、生い茂る木立の悉くが盾になると知れていた。そうして斬られた枝葉は舞い散る目くらましとなり、きっと道祖の味方をする。

とはいえ、地の利だけで逃げおおせられるほど眼前の相手は甘くない。優位を信じて迂闊な背を晒せば、たちまちに屠られる確信があった。

勝てずとも、倒せずともよい。林右衛門をわずかでも怯ませる、逃走の助けとなるひと当て、ふた当てができればよい。それで、この死地より逃れる経路が生じるはずだ。

微かな希望を奮い立たせ、道祖は生きるべく前へ出る。ぬるりと無形物のように木々をすり抜け、林右衛門の肘の可動域の、わずかに外へ。この位置取りならば、あの巨体の一刀とて全力を乗せきれない。枝と幹の妨げで剣速も鈍る。ならばこの剣豪の太刀であろうと自分は受けうる。そう思考した。

林右衛門の構えは無造作な大上段。敵手の挙動一切を微塵も気にかけない横暴の構えである。ゆえに、初太刀を外せば斬れると道祖は見た。殺せぬまでも、傷は負わせうる。

道祖の才は見る目にあったと、今一度述べよう。

それなくして世を覗いた例は道祖になく、彼の学習は全て眼力を通して得たものだ。そこに、落とし穴が横たわる。

どれほど眼球が精密に情報を獲得しようと、それを処理するのはあくまで道祖の頭脳でしかない。そして彼がなすのはあくまで経験に基づく予測なのだ。

視覚情報から見当をつけられぬもの――たとえば木剣で人を飛ばすような膂力を、生き胴六つをまとめて斬り捨てるような剣力を、彼の脳髄は計算できない。

よって佐々木景久や鳥野辺林右衛門のような平均値を大きく逸脱した天与に対し、彼は著しい不利を被る。これまでの戦闘経験が、彼らの体躯から生じるに相応しい、ごくありふれた予測を道祖に見せるためだ。

そして実際と誤認の落差を、雨ヶ谷道祖は修正できない。その眼力は天性であり、技術として磨いたものではないからだ。

とはいえそうも逸脱した才覚など、なかなか世に現れはしない。だから雨ヶ谷道祖の不運とは、一夜にしてそのような格別の天稟ふたりと、立て続けの遭遇をしたことに尽きるだろう。

我知らず死へひた走る道祖の体を、高熱のような林右衛門の気当たりが打つ。

それはひどく闇に似ていた。あらゆるものを押し包み、飲み込み、覆い尽くし、塗り潰す、圧倒的な気配。殺意でも敵意でもなく、しかし必ず訪れる終焉の感触。

だが臆さずに道祖は駆け――その耳に、何かを断つ音が響いた。同時に、彼の世界は真っ暗闇に落ち込んだ。

裁断音は、木の幹が断たれた折のものだった。ただひと振りに六人の生き胴を両断したという、林右衛門の太刀行き。それが木立をないもののように斬り払い、その軌道上の道祖の顔をも削ぎ飛ばしたのである。

自分が何をされたかも理解できぬまま、道祖は死んだ。

昏黒に呑まれれば、誰も彼もが顔を失う。何もかもに区別がなくなる。残るのはただ、果てしなく平等な無個性だ。

対手を人とも、生き物とも見ずに屠る刃。無名にして無明、無貌の魔剣。

左馬之助であれば、それを夜とでも称したろうか――

「……佐々木景久」

呟いて林右衛門は呵々大笑した。足下に転がる骸など、たった今斬り捨てた男など、もう意識にない様子だった。彼にとって、それはもとより死者なのだ。取り沙汰するほどのものではない。

それよりも――

鷲尾山を訪れたのは、ただの勘だった。

蘇芳丸と亀童丸の跡目争いは、市井にも知られたことである。そこから林右衛門は火種の匂いを嗅ぎ取って、盛隆の元を訪れた。この男を嗾けて騒動を起こし、佐々木景久を命のやり取りの場に引き出す。そうして彼の剣舞を確かめる。

それだけで我慢しようと思っていた。本当に、ただそれだけのつもりだった。左馬之助の手前、林右衛門は見事我が弟子を破った手腕を愛でるのみに留めようと考えていたのだ。

だが一度(ひとたび)景久の剣を見たれば、もう矢も盾もたまらなかった。

それを目の当(ま)たりにした瞬間、林右衛門の全身を駆け巡ったのは随喜だった。

拙いながら、その剣技には術理が見えた。それは林右衛門がかつて見た、眼裏の師と同一の術理だった。まさしく、あの日見た剣のかたちであった。

僥倖と言う他にない。歳の頃を考え合わせれば、過日林右衛門が出会ったは当然景久本人ではあるまい。

しかし彼は繋がっている。かの人に愛され、あの剣を手解きされている。その事実がほとんど無欲なる林右衛門の、唯一の欲望に火をつけた。

剣にのみ生くるが鳥野辺林右衛門である。ならばこれを看過するは、死したると同じだった。

「俺は見つけたぞ。お前を覚えたぞ、佐々木景久――――！」

咆哮(ほうこう)する巨躯は、かつてない生気に満ち満ちていた。

第四章　幸福の輪郭

荒稽古から大捕物に変化した鷲尾山の騒動は、燎原の火のように広まって御辻家中を震撼させた。

井上盛隆による横領が白日に晒され、関与した井上閥の面々に詮議の手が伸び――随所で物々しく武士たちが立ち働くさまは市井の耳目を集め、人々は寄ると触るとこの話をした。

当然ながら、盛隆の顕家暗殺計画については表沙汰にされていない。取り調べはあくまで山から出た銀の行方を詳らかにするためのものであると、そう公表されていた。

事が大きさを増す一方で、景久と彦三郎の両名は一件から手を引く体を取っている。対立勢力である池尾が井上の取り調べを行えば、そこにはどうしたって感情的な軋轢が発生する。盛隆という頭を失えど、井上閥という毒蛇は以前相当な大蛇だ。無暗と突いていけば無用の害が起こりかねない。それを避くるべくの仕儀であった。

無論、鷲尾山で働きをなした者たちの功が無視されたわけではない。各々が吟味の上で褒美を受け、加えて己が武勇伝を、同輩に馳走されながら語る機を得た。大いに面目を施した格好である。

翻って景久と彦三郎、そして外記へはどのような恩賞が与えられるかが注目を集めたが、彼らが揃って同じ願い出をしていたと後日明らかになった。三名が三名とも、蘇芳丸が秋月道場へ通う許可を望んでいたのである。

当然ながら、稽古通いは毎日のことではない。警護の問題もあり、頻度は日取りを決めて月に数度となるだろう。それでも城外の空気を呼吸させる価値はあると考えた結果だった。後継と目される若君が通うは道場の誉れとなるわけだから、報労としての名目も立つ。

美談作りであろうと陰で物言う向きもあったが、忠臣のありさまとして意向は好意的に受け入れられ、このことの許可は滞りなく下りる運びとなった。

申し出を聞いた顕家は、「ならば亀童丸へも同様の計らいを」と望んだが、残念ながらこれは叶わなかった。現在の亀童丸は、ひどく危うい立ち位置にあったからだ。

鷲尾山にあった井上家の主だった者たちは、それぞれの行き先を秘されて詮議方の屋敷に預かりという形で監禁されている。井上盛隆と鷲尾御前も同じく、場所を秘して入牢すると公表された今、亀童丸は井上に唯一残された権威の象徴であり、結束の旗印であった。藩主の意向とはいえ、池尾派の道場で学ばせるを認めるはずもない。刺激を避ける意味でも、無理強いの叶わぬことであった。

井上方は、盛隆親子の吟味が終わり次第で再び亀童丸を担ぎ上げ、権力を取り戻すつもりでいるのだろう。

だがその日が決して来ないことを、彦三郎は知っていた。

なぜなら盛隆と鷲尾御前は既にして鬼籍にある。彦三郎自身が、彼らの最期を看取っていた。

＊

荒稽古の夜。

外記たちと合流した彦三郎は、独り井上の邸内へと踏み入っていた。付き添おうとする景久を、『ここは任せてもらいたい』のひと言で制止している。

傅役に就く以前から、井上盛隆とは面識がある。いずれ政争の干戈（かんか）を交える相手だと、じっと観察したこともある。

それゆえ彼のありようを、彦三郎はおおよそながら理解していた。

機を見るに敏で、大胆な賭け事を好む。その上で、自他ともに執着がない。持たざる者の思い切りのよさを、藩の重鎮となった今も保ち続けている。一種、酔狂人の類であろう。

加えてあれは自分と同種の人間だと彦三郎は見定めている。怜悧で、ほとんど誰にも親しまれない。物が見え、先が読めるから諦めがよい。かつて池尾の供犠となる道を選んだ自分と同じだ。

となればここで、じたばたと往生際の悪い真似はするまい。

さらに述べるなら、盛隆は武の心得がある男ではない。その証左と言うべきか、彦三郎らを出迎えた折の彼は、脇差ひとつ帯びていなかった。鷲尾御前もまた、非力な女人である。

では対する彦三郎がどうかと言えば、秋月においては恥掻きで知られる身の上だ。だがそれでも景久や外記の教導があり、五体の軽捷はそれなりに磨かれている。ともに剣の術理に至らぬ同士の刃傷ならば、肉体的素養で勝る彦三郎の優勢は動かぬだろう。

とはいえ、危険は決して皆無ではない。でありながらあえて独行を選んだ理由のひとつは、彦三郎自身が余人を交えず盛隆親子と正対するを望んだからだ。他人から見れば無意味な行為かもしれない。だがそれをなすことで己の心に決着がつくのだと、彦三郎は知覚していた。

そんな彦三郎を見極めるように凝視してから、景久は頷いて道を空けた。決して捨て鉢な行動ではないと、わかってくれた様子だった。外記もまた、何も言わずに愛弟子を見送った。

そうして邸内に踏み込んだ彦三郎の足取りに、迷いは皆無だった。友と師の理解に後押しを受けたのもある。だが用意周到なこの男は、現在の状況も予見して、井上邸の絵図面を見覚えてきていた。

我が家のごとく歩を進め、やがて開いた襖の先で、彦三郎はふたりに対面する。

『見事な手並みだったぜ、池尾の』

盛隆は彦三郎を認めると、伝法な調子で出迎えた。胡坐の上に片肘を突き、勝者を称えるように、にいと白い歯を見せる。城中で行き会った折の慇懃よりも、余程にらしい態度だった。

『無礼者！　下がりやれ！』

落ち着き払った盛隆の挙措とは正反対に、声の限り吠え立てるのは鷲尾御前だ。父の膝を揺すりながら、刺し殺しそうな視線を彦三郎へ向ける。

『なんですかその目は。寄るな！　わたくしを見下すな！』

——ああ、やはりよく似ている。

金切り声を聞きながら、彦三郎は思う。

この女に酷似する人間を、彼はよく知っていた。打算と背信を智謀知略と履き違え、慢心して共感しない想像性のない生き物。見目麗しい泥団子。その名を池尾彦三郎という。

だが、その相似もかつてのことだ。

暢気極まる友人と、その妹の顔を思い浮かべて、彦三郎は静かに笑う。今はもう、少しも似ない。

『そなたの取り柄など、池尾の子というくらいであろう！　他に何もない小僧が、わたくしを下に見るなど……！』

その微笑を、勝手に侮蔑と見て取って、鷲尾御前がまた叫んだ。

『ええ、そうですね。俺の取り柄など確かにそのくらいだ。ですが俺には友がいます。誰にも誇れる友がいます。翻ってあなたはいかがです。今のあなたの周りには、誰の姿も見当たりませんが』

返して一歩、部屋へ踏み入った。

徳は孤ならず、必ず隣ありと言う。己を大徳と嘯くつもりはないが、今の彼らほど寂しくはあるまい。

彦三郎がひとり、盛隆の元を訪れた理由はふたつある。

ひとつが我が写し鏡がごときこの親子に対面するためだとは、既に述べた。それと相対することは、初名に喝破され、己が感得した境地とあり方の確かめとなる。

それは今果たされて、残る理由はもうひとつ。彦三郎の手が、ゆっくりと柄を握った。彼の佩刀は、景久と異なって竹光ではない。

彦三郎は、常々考えている。佐々木景久の手を汚させてはならない、と。

あれはその気になれば、どこへだって飛んでいける大鵬だ。けれど、自ら望んで人の枠に収まってくれている。自ら好んで人の側に踏みとどまっていてくれている。窮屈に身を縮めながら、けれどもここが心地良いと笑んでいてくれる。

斯様な善性の人間の背に、殺人（さつじん）という暗い業は断じて載せるべきではない。

それに、彦三郎は考える。

人は何事にも慣れるものだ。諦めて許容するものだ。刃に血を絡めることもまた、その例外足り得ない。

もし一度でも殺業を犯せば、きっと以降は箍が緩む。二度目の殺しは一度目より易く決断され、三度目は二度目をさらに踏み越えよう。ただ繰り返されるそれは覚悟ではない。怠慢であり、堕落である。

ゆえに殺人（せつにん）は我が役割だと、彦三郎は覚悟を固めていた。

清廉潔白だけで渡れる世などない。断固として悪と呼ばれる行為をなさねばならぬときがある。そうせねば大事な身内が憂き目を見る折がある。ならば自分はそれをするまでだ。

井上親子に対面し、もし彼らがどうしようもない禍根であれば処断する。彼の理由の、もうひとつがそれだった。

初名に知られれば、間違いなくまた叱り飛ばされる話とは思う。

だが景久にさせるか、自分がするかを選ぶなら、間違いなくそれは後者だ。

『ち、父上！　父上、なんとかしてください。お願い！』

彦三郎が殺意をかき集めるのを感知して、鷲尾御前は一層強く盛隆を揺さぶった。

『大概にうるせぇよ』

が、盛隆はすげなく振り払い、のみならず鷲尾御前の頬げたを殴りつけた。

『嫁ぎ子を成し齢を数え、それでもまだ親に縋るか。みっともねぇにも程がある』

顔よりも、心に受けた衝撃こそが大きかったのだろう。鷲尾御前は頽（くずお）れて、そのまま伏して起き上がらない。ただ愕然と、身を震わすばかりだった。

『そういや、手前はアンタを叱ったことがなかったな。一度も。ただの一度も……どうしてだと思う？』

今日まで聞き覚えのない父の口調が、他人行儀な呼びかけが、顔の熱よりも一層に鷲尾御前の胸を抉った。

『アンタなぞどうでもいいからさ。御辻の殿様に取り入ってくれりゃ、その後アンタがうなろうと知ったことじゃあなかったからさ』

『で、でも。でも父上は、だって、あのとき……』

今度は思い出に縋るべく、鷲尾御前が懐中の飴色鼈甲の櫛を取り出す。

それを見て記憶を辿り、盛隆は首を横に振った。

『ああ、あれか。それも別に愛情じゃねぇ。見栄えのみが取り柄の女が、それを損ねてなんとする。そういう話だ。書画が傷つきゃ値が下がる。同じことさ』

呆然と泣けもしない娘に、盛隆は唾を吐いてのけた。

『ひでぇ親があったもんだな。だがアンタは幸せだぜ。なにせ憎む相手の顔を知ってる』

『親を恨んで生きるのは、子の幸せではないでしょう。少なくとも、俺はそう思います』

千尋の谷のごとく深い沈黙を切り裂いて、彦三郎が告げた。へぇ、と盛隆がその顔を見やる。

『大人だねぇ、池尾の』

『若輩ですよ。蘇芳丸様や亀童丸様ほどの歳からすれば、そう見えるのやもしれませんが』

『いやいや、十分に大人だよ、アンタ。手前なぞよりよっぽどな』

己の悲願ばかり追ってきた男は、感じ入ったように笑った。

『なるほど、そうか。アンタ、自分のためだけじゃなくここへ来たのか。そこらを読み違えたか』

盛隆の納得顔に、『いいえ』と彦三郎は首を横に振る。

『俺は自分のためばかりに動く人間ですよ。それで手一杯です』

『そら見ろ。我利我利の亡者は、そんな口をしないもんさ。手前みてぇにな』

気の置けない友人に接するような態度に、少しばかり彦三郎は気圧されていた。

盛隆の立ち居振る舞いは、予期したものとかけ離れすぎている。そこには透徹した達観があった。見るべきほどのことは見つ。そうした境地であろうか。池尾彦三郎には、もし立場が逆だったなら、おそらく自分は彼のような平静を保てまい。

なくしたくないものが多すぎる。

人間の形とは似通うようで、細部はひとりひとり異なるのだ。しかと個々の顔を見ずに、理解したつもりになっては決してならない。それを改めて思い知り、彦三郎は心中で不明を恥じた。

『池尾の。ひとつ、愚にもつかねぇことを訊ねるぜ』

『なんなりと』

『幸せってのはよ、自分だけのものだよな？　自分にしか合わない形をしていて、だから誰とも共有できない。正しくなかろうが美しくなかろうが、ぴたりと当て嵌まるものを追い続けるしかない。そういう、もんだよなあ？』

長くため込んだ嘆息のように、深い呼吸でそう盛隆は吐き出した。

人間はわかり合えない。相容れない。どれほど近くとも結局異なる形をしていて、誰とも重なり合うことはない。

そうした胸中の諦念が凝縮したような声音だった。氷塊がひんやりと白く零す冷気にも似て、それは盛隆にごろりと堆積した感情から滴り落ちる言葉だった。

言いようのない純度の響きに、彦三郎は口を閉ざす。そうしてしばし考え、やがて舌を動かした。

『正誤も美醜も、おそらくは善悪すらも、見る者次第の価値観でしょう。俺は可能な限り正しくありたいと思います。けれどその俺を指して、誤った生き方だと蔑す向きは必ず出ます。このどちらも正しく、そしてどちらも誤りなのが此岸なのでしょう』

池尾彦三郎は、己が父新之丞を陋劣と見る。

だが彦三郎の評価の正しさを、誰が保証できるというのか。所詮それは個人の主観、私の感性でしかない。新之丞は一面で美しく、一面で醜い。ゆえに新之丞こそを光明と感じる者、信じる者が世にはある。

こうしたことに絶対的な真理など存在しない。もし仮にあったところで、人は目を覆い、耳を塞いで自分の信じたい真実のみを見聞する。

誰にとってもの正しき、美しきなどありはしない。近似値こそあれ、突き詰めれば心の姿は誰しもが違う。だからこそ論争が起き、闘争が起きる。

『なのでそんな得体の知れない幻想よりも、まず俺は身内を優先します。それが俺という枠に合う、幸福の形のようなので』

『……ああ、そういうことか』

『そうです、盛隆殿。俺に問うて返る答えは俺の形でしかないのです。人の形ばかり見聞したところで、自分自身は見えてきますまい』

　そもそも他人の形など、そう見極められるものではないと彦三郎は思う。莫逆（ばくぎゃく）の友たる景久とて、表に出さない心のひとつやふたつはあるだろう。彦三郎自身もまた、彼には見せられない、見せたくない自分を持っている。

　だが底の底まで互いを知り尽くさねば友になれぬか、友たれぬかと言えば、それは違う。完璧でなくとも、曖昧模糊（もこ）と繋がればいい。ここだけは絶対に信じられるという部分があれば、それだけで人はわかり合える。その関係は、決して嘘偽りのものなどではない。

　人間を形作るのは象徴的で英雄的な如何にも崇高な行為ではなく、もっとくだらなくてずっと価値のある日々なのだろう。梅花の下の酒を思い、彦三郎はそのように信じる。

『確かに、似た形の人間も世にはあるでしょう。ですが深く付き合えば、やはりそれぞれに異なっている。初めが同じであったとしても、これまでに出会った人々、過ごした時間に研磨され、心は形を変えるのだと俺は教えられました。その結果不意に折り合いがついて、ぴたりと噛み合う形が生じることもあるのだ、と』

　この可塑性（かそせい）は、同時に毒でもあるだろう。

同じ方角を向いていたはずなのに、些細な掛け違えがわずかな角度のずれを生む。ほんの少し違えただけの距離は、長く進むにつれ深く遠く成り果てて、ついには取り返しのつかぬ断絶となる。

彦三郎にも覚えのあることだった。人は、いつだって大事なものに気づけない。すぐに当たり前の大切さを忘れてしまう。欠いて初めて、その存在の大きさを思い知るのだ。

けれど、この感慨を彦三郎は口にしなかった。盛隆へ共感を示したところで、安い憐憫にしかなるまい。

『噛み合って、食い違って、それでも俺は、どうにか幸福に生きたいと思っています。ですがもう一度申しましょう。我が子、人の子にあんな顔をさせてまで、俺は自分のことを望みません』

盛隆へ向けた言葉は、同時に鷲尾御前をも刺すものだった。俯いたままの彼女の拳が、ぎゅっと固く握られる。

『――やっぱりアンタは、できた大人だ』

盛隆は静かに息を吐いてから、我が膝を叩いた。

『アンタも、アンタの輩も。世の中にゃおかしな人間がいるもんだ。ただ単純に親切な人間なぞ、手前の勘定にはさっぱりなかった。立派な大人ってヤツを、生まれてこの方、拝んだことがなかったからな。手前の渡世に、そんなものは居合わせなかった』

それから、いや、と自己否定して目蓋を閉じた。

『もしかしたら、いたのかもしれんな。手前が見なかっただけで。どいつもこいつも同じだと決め込んで、見ようともしなかっただけで』

『……』

彦三郎はただ、沈黙で応じる。

出会う場所が、出会ったときが異なれば、彼とも友誼めいた何かを築けたのかもしれない。だが今はもう掛け違えて、食い違い続けて、溝はもう埋めようもなく深まっている。今更、言葉でどうなるものでもなかった。

『アンタほどの男が作った状況だ。ま、切り抜けられんだろう。そんなら手前の始末は手前でつけたい。都合のいい話だが、容れてくれるか？』

井上盛隆は、端倪せざるべき男である。降伏を装い、後日面の皮厚く復権してのける可能性は十二分にあった。

だが、彦三郎は頷いた。

これから起こることに、巌のような直感があった。それは盛隆にも共通する予見であったろう。

首肯を受けて盛隆が立つ。彦三郎が壁に寄り、行く手を空けた。

『アンタの手柄になったのだと、彼岸で自慢できるくらいに出世してくれ。頼むぜ』

嘯いた盛隆が、開けたままの襖に手をかける。そこへ、衝撃が来た。半ば以上予期していた激情を、盛隆は避けずに脇腹に受け止める。

全身の力で打ち当たるようにして、父の腹へ懐剣を刺し込んだのは鷲尾御前である。血走った目。荒い息。短な柄を握りしめる両手はぶるぶると痙攣し、目的を遂げた今も握り締めた柄を離せないままでいる。

娘は父を見上げた。怯えとも恐れともつかない瞳で。それでもまだ、縋るように。

この父を悪い手本として生きるなら、身を慎んで慈悲を乞うなら、まだ芽はあったはずだ。

哀れみの目で、盛隆は我が子を見返した。

池尾彦三郎は、おそらくはそれを許した。だが、もう駄目だ。

『もう三代ぶんの贅沢はしただろう。見るだけのものも見てきただろう。その上で省みねぇなら、それはお前の責任だ。手前の育ち方には、責任を持ちな』

喉奥にこみ上げる血を堪えつつ言い放つ。

『手前の仕出かしのその先すら考えねぇ。引き時、潮時を知らぬは恥だぜ』

娘の手を上から握り、腹に突き立った懐剣を引き抜いた。我が子の指から刃をもぎ取ると、悲しいほどの鮮やかさで娘の喉首を刺し通す。声もなく絶命したその体を掻き抱きつつ、盛隆はどっかと、彦三郎に背を向ける形で座り込んだ。

『……池尾の。介錯(かいしゃく)を、頼めるか』

彦三郎の前にあるのは、終(つい)ぞ噛み合うことなく、終生食い違い続けた親子の姿である。

その父の背は池尾の小才子に鏡映しで、しかし少しも似なかった……

＊

感傷を封じ込めた彦三郎により、巨魁の死は顕家にのみ奏上された。後日折を見て、藩主の口から公表する手筈となっている。

盛隆の死は、井上閥の崩壊を決定づける大事だ。秘さねば暴発めいた決起を生じかねない。井上親子がまだ存命であり、吟味を受ける最中と虚偽を流したのもまた、暴発を防ぐ一手であった。

この報告に際し、彦三郎は景久とともに顕家の私室を訪れている。鷲尾山での経緯を伝え聞いた殿様は、それぞれの両手を握り、幾度も礼を述べた。

我が身のみならず、盛隆の企てで失われかねなかったいくつもの命が救われたことへの謝意だった。

『結局、何もかもをお主たちに押しつけてしまったな。改善を願いながら動く力を欠き、ようやっと意を示せばこのありさまだ。そんなわしが言っても格好はつかぬが、お主たち、あまり無茶はするなよ。決して生き急いでくれるな。長く、末永く、蘇芳丸を支えてやってほしい』

そうしながら俯いて、顕家ははらはらと落涙した。

『蘇芳丸は、この頃下を見なくなった。わしはあれの母を救えなかった。だがそなたらは……』

言葉は途切れて上手く続かない。若輩ふたりが主君の慰めようを心得るはずもなく、ただ黙って、歔欷（きょき）の収まるを待った。

為政者として顕家を評するならば、優柔不断、意志薄弱と短所が勝ろう。決して政に向かぬ人である。景久らを傅役につけた件もそうだ。蘇芳丸の安寧を図ることばかりを優先した当座凌ぎであり、それがどのような波及をもたらすか何も考慮していない。

それでも、彼の嗚咽（おえつ）の中には井上寿葉すら悼（いた）む色がある。

斯様な優しさが短所とされる政の場こそが異界なのだと痛感し、同時に我が殿の善性を再確認し、景久と彦三郎は互いに目を交わした。

『不安も不満もあろうが、後はわしに一任してほしい。それと、亀童丸についても手出しは無用だ』

密談の最後に、顕家はそう明言した。行動を制しておかねば、このふたりが亀童丸のためにも動かねばならなくなると察してのことだったろう。

一方、蘇芳丸であるが、こちらの若君は大層な上機嫌だった。

城内の政争とはまるで関わりのない雀躍（じゃくやく）である。父より鷲尾山でのことを漏れ聞いた彼は、佐々木景久が新たな武勇伝を築いたことを知った。それはこの上ない喜びであったのだ。

『本当に、そなたは英俊英傑の類だな！』

以来景久は、蘇芳丸に後をついて回られて、すっかり弱り顔だった。過日、自分は大人でも立派でもないと告白したというのに、少年の目にある憧憬は色濃くなるばかりである。

友人の嘆息に対して彦三郎は、『人に愛されてよいことではないか』と笑うばかりで役に立たない。

これではいずれ息をするにも周囲の目を気にせねばならなくなるぞと辟易しながら、けれど景久はほっと気を緩めていた。まずはいち段落と、そう言ってよかろう。どうにか信に応え、任を果たした心地だった。

＊

事が起きたは、それから数日後のことである。

その日の昼過ぎ、りんは佐々木の家を訪れていた。初名と約束があってのことだ。

男たちにはわざわざ告げないことだが、鷲尾山大捕物の折、ふたりは塩土老翁の神棚へ夜通し一同の無事を祈願していた。その祈念が叶ったがゆえ、塩土神社へお礼参りする話が決まっていたのだ。

参拝が日を延べてのこととなったのは、池尾と井上、両家の緊張が緩むのを見計らっていたためだった。

社が祀る塩土老翁とは、航海を司る神である。このところの景久と彦三郎には、立て続けの変事ばかりだ。だから人生という船路の無事を重ねて祈っておこうとは、初名の言い出したことだった。少々騒がしく、また気忙しくもある少女だが、彼女は本質的に思いやりが深い。

りんが初名と方々へ連れ立つのは、近頃珍しいことではなかった。

だから本日もりんは、道中での待ち合わせではなく、佐々木の家へ迎えに行くことを選択している。なんとなれば、初名は刻限に緩い種類の人間だからだ。

初名に付き合いだした当初から、りんはよく彼女に待たされていた。よく、とはりんの加減をした物言いであり、正確を述べるならば待たされるのは毎回である。

これで初名の人間が悪ければ嫌がらせを疑いもするが、実際はそうではない。

出る前に片付けておかねばならない些事が湧いただとか、道中で騒動に出くわしただとか、遅れの理由はいつも他者に関するものばかりなのだ。段取りが悪い、余計に首を突っ込みすぎると言えばそれまでだが、この娘の骨身には、世話焼きが染みついているのだろう。神仏にでもするように手を合わせながら遅参を詫びる初名を、りんは叱りも嫌いもできなかった。

とはいえ、いつも待つ身では手持ち無沙汰だ。ならば初めから同道すればよいと、やがてりんが佐々木家へ初名を迎えに行くのが常態となった。

なったのだが、それでも毎度、りんは初名に拝まれる羽目になった。

『もうちょっと！　あとちょっとだけお待ちください！　ほんのもう少しで片付きますから！』

息せき切って言いながら、りんに茶と茶菓子を出すのも初名なのだ。もしかしたら物事の優先順位づけが苦手であるのかもしれない。

佐々木家は初名ひとりに頼りすぎではないかと案じたこともあったが、これは的外れのようだった。

なぜならそうしたときに景久が居合わせると、彼は『そんなことはオレがしておく。お前はおりん殿を待たせるな』と猫の子のように初名をつまみ出してくる。慌ただしさには、彼女の張り切りすぎが多分に含まれるものらしい。

本日も例に漏れずで、顔を出すなりりんは両手で拝まれた。

「ごめんなさい、おりんさん。もうちょっと、あとほんの少しだけお待ちください！」

言ってからまた家内に駆け戻ろうとする背に、「何か手伝いましょうか」とりんは切り出す。

「いえっ、お手を煩わせるなんてとんでもないです」

上体を捻って振り向いた初名はぶんぶんと首を横に振り、それからふと思いついた顔をした。

「そう言えば、兄上がまだ縁側に転がっているはずです。踏んで起こしておいてください」

「踏んで……？」

「はい！　こう、ぐにっと！」

「ぐにっと……？」

戸惑うりんに、初名は小石を蹴るような仕草をしてから、ぱたぱたと走り去った。

——それは踏むではなく蹴るではなかろうか。

思ったときには、もう初名の背は見えない。勢いに負けた形で、ひとまずりんは縁側へ回った。

折よく佐々木様の顔を拝見できれば、とまで考えたところで、自分の思考に赤面する。これではまるで彼が大好きなようではないか。含羞から己の本音を欺瞞して、りんは袂で顔を覆う。頬の熱が引くのを待って見回せば、初名の言った通り、そこに景久の姿があった。片肘を突き、入滅を待つ釈尊のような格好で、器用に寝息を立てている。

縁側に上がってから脱いだ履物を揃え、りんは景久の隣に立った。

当然ながら、人を足蹴にするというのは彼女の良識に反する。従ってまず、軽く声をかけた。が、反応はない。仕方なく、脇に端座して揺すり起こすことにする。

今度は寝息が止まった。が、止まったのは一瞬だけで、手を離せばまた心地よさげなそれが再開される。初名ならば、「寝汚(いぎたな)い！」と文字通り一蹴する状況だった。

困り果てたりんは両手を再度伸ばしかけ、それからふと逡巡した。

しばらくの停滞ののち、包丁を扱う折の逆手のように、右の手を猫の手にする。作ったその前足で、景久の腹をやわらかに踏んでみた。

しでかしてから、しまった、と思った。途方もなく気恥ずかしい振る舞いをした心地だった。思わず周囲を見回してから、りんはずるずると膝で退がって距離を取る。

そこから尻込みしたまま何もできず、結局景久が目を覚ましたのは、支度を終えた初名がやってきてからのことだった。「兄上っ！」と駆けつけた彼女は容赦なく景久の背を蹴って叱りつける。

「申し上げておいたでしょう。今日の初はおりんさんと逢引きいたします、と。だのに出迎えもせず、見送りもせず寝呆けてっ！」

やりすぎではないかとおろおろするりんを尻目に、初名は腕を組んで仁王立ちの構えである。寝ぼけ眼を瞬かせながら、対して景久は体を起こすと胡座になった。

「初耳だが？」

「嘘おっしゃいです」

「いや、初耳だが」

「……」

重ねて言われ、初名は口を結んでしばし考えた。

「……ひょっとしたら申し上げ忘れていたかもしれません。初も浮かれておりましたので」

「お前、なあ」

兄妹仲のよさに思わずりんが噴き出し、そこで景久がはっと居住まいを正した。

「や、これはお見苦しいところを、失礼を」

「あ、いえ、お気になさらず」

立ち上がって頭を垂れ、景久は非礼を詫びる。

「なんですか。兄上はいきなり猫を被って」

口を尖らせる初名を軽く小突いてから、改めて景久はりんに向き直った。

「ご覧の通り、外面がいいだけの武蔵坊です。お任せするのは心苦しくありますが、本日は何卒よろしくお願いいたします」

「はい、お預かりいたします」

頷いたりんは、微笑のまま付け加える。

「佐々木様は、妹君が可愛くてならないのですね」

「……それはまあ、うむ」

景久が顎を撫でつつ恥じ入ると、りんは口元を手で覆ってくすくすと笑った。

「では、行って参ります」

そう囁いたりんが初名とともに立ち去ったのちも、景久の目は微笑みの幻を映したままだった。

しばしを経てから我に返り、いかんいかんと首を振る。きっと寝起きのせいだろう。どうも調子が狂ったままだ。

りんと道行きをしながら、兄は馬鹿で愚かだと初名は思う。

初名は彼女が大のお気に入りである。

半年前、兄の口からりんの名が出るようになった頃、初名は彼女に勢い込んで接触を持った。噂話で問題のない人物だと判断はしていたが、やはり兄嫁となる相手には直接会っておかねばと思ったからだ。

そうして話してみれば、向野屋のおりんさんは想像以上に気立てのいい人だった。観察が的確な上に、そこからの心遣いが優しい。

少し冷たく見えるほどの美人だし、さらには算勘にも明るいと来たものだ。生真面目にすぎるのが玉に瑕だが、この性質は兄も似たようなものだ。よってお似合いと評して問題なかろう。

そんな人がこうも明らかに好いてくれているというのに、うちの愚兄と来たらその好意を半分ほどしか感知しない様子なのである。まるで鈍牛（のろうし）だった。

たとえば、おりん殿は甘味が好きだと兄は語る。馬鹿である。

確かにりんには少々稚（いとけな）いところがあって、甘いものを好む。だが彼女が幸福に笑むのは、それが兄の心づくしだからだ。

そもそも初名は以前、兄の（あれ）どこがいいのかと、正面切ってりんに確かめたことがある。

すると彼女は真っ赤になって俯いてしまった。多分、全部なのだ。あばたもえくぼ。破れ鍋に綴じ蓋。蓼（たで）食う虫も好き好き。間違いなくその類だ。

こうしたこの上ない愛情の証左に浴しながら、宅の愚兄と来たらああなのだ。まったく、方々から愛されて贅沢なことである。

まあ兄は決して感情の機微に疎いではないから、りんを直視できるようになりさえすれば、このあたりの認識は改善されることだろう。

それに、と初名は少しだけ景久の評価を加点する。

外記先生のところへ養女の話を持っていったのは英断だった。佐々木兄妹を孫のように可愛がってくれる先生は、どうやら以前から兄に道場を継がせたい気持ちでいたらしい。

だが当人の心地と噛み合わず、また組織立って人をまとめる才は兄になく、金銭回りのことにも暗い。池尾様にも相談したが、難しいと返されたとのことだった。

けれど左馬之助の一件を経て、兄の腰はしゃんと据わった。そこに外記先生の養女が嫁入りし、さらに後ろ盾として向野屋があるとなれば話は別だ。別どころか盤石の構えだ。

なんとなれば、鷲尾山に外記が押しかけた理由がこれだった。

あの晩、佐々木の家ではりんの養子話が進展していたのである。事の上首尾ぶりにはしゃいだ外記が、『ならこんな下らねェことで、景久に万一があっちゃいけねェな』と言い出したのが押しかけ助っ人の発端だった。

『若気の至りだ』と外記当人はのちに反省を見せ、『お若いのは結構です。ならまだまだ長生きしてくださいますね』と初名は返している。

とまれ、兄が関係をきちんと進めるつもりであるのは結構なことだと、最前から妙に機嫌のいいりんを見ながら初名は思う。

「おりんさん、最近ますますお綺麗になりましたよね」

「え。あの、いきなり何を……？」

「ですので兄上を踏むのは、もうおりんさんにお任せします！」

戸惑うりんを他所に、初名はにふにふと笑った。

人の心には凸凹がある。

初名は、そう考えている。その具合は生まれや育ちといった様々な要因で千差万別だが、人間の好悪、馬が合う合わぬはここに由来するものなのだろう。

そして初名はこうも感じている。りんは、兄にぴったりの形をしている、と。

なのでこの縁は、誰のためにも逃してはならない。

「おりんさん、おりんさん」

「はい、なんでしょう」

それはそれとして、言っておくべきことはある。

再び名を呼ぶと、彼女は困惑しつつも律儀に応じた。

「あまり兄上を、立派なものと勘違いしないでくださいね。初はそこだけ心配なのです。大きく見すぎないであげてください。だって兄上は、所詮兄上なのですから」

自分の言いは、きっと謎かけのように聞こえるだろう。

それでもりんは放り出さずに、きちんと咀嚼してくれるようだった。適当に即答するのではなく、しばらく思案顔をしてから、きちんと頷きを返してくれる。こういうところが、初名は好きなのだった。

「それにしても」

出立の問答と今の言葉とを重ね合わせて、正解を導き出したかのようにりんが言う。

「お初ちゃんも、佐々木様が大好きなのですね」

言質を取ったとばかりに、初名は人の悪い顔をした。

「はい。初も好きです。初も大好きです」

「……もうっ！」

立腹の素振りでりんが手を上げて見せ、笑いながら初名が逃げる。

そんな具合に姦しく参詣を終え、さて帰ろうかとなったときだった。ふたりの前に、大きな影が落ちかかったのは。

「佐々木景久の縁者で、間違いないな？」

　声もやはり、高みより落ちてきた。そう表現するしかない巨漢が、初名たちの前に立ちはだかっていた。腰に刀はなく、だが肩口からはぬっと柄が顔を出していた。佩けぬほどの大太刀を背負っているのだ。

　これほどの異相ながら、しかし初名もりんも、声をかけられるまで彼の存在に全く気づけなかった。そのことが何よりも、この男の恐ろしさを教えるようだった。

　咄嗟に、りんが半歩前に出る。初名を庇って立つ形だった。

「恐れども臆さずか。見事なものだ」

　見て取って、彼は称えるように笑う。

「佐々木景久に用向きあって参上した。すまんがいずれか一方にしばしの付き合いを願いたい。さすがにふたりを抱えて走るは難儀なのでな」

　りんと初名を行き来する穏やかな目が、これは勾引かしなのだと伝えていた。白昼堂々、人目のある往来ながら、この男は誰にも妨げられない自信があるのだ。

　そして彼の静かな視線は、ふたりに理解させもした。もし声を上げて助けを求めようものならば、あたりはたちまち血に染まると。

「は、初が」

「私が参りましょう」

初名が言い終えるより早く、りんが応じていた。男はひとつ頷くと、懐より書状を出した。左封じの果たし状であった。

「佐々木景久に渡してくれ。頼んだぞ」

それを初名に押しつけるや、男は軽々とりんを小脇に抱える。

「この娘は証文代わりだ。余計をせねば身柄の無事は約束する」

そうして、音もなく駆け出した。巨体にそぐわぬしなやかさだった。

「おりんさん！」

初名にできたのは、辛うじてそう呼びかけて手を合わせることだけだった。白く緊張にこわばったりんの顔が、その所作を認めてわずかに緩む。

見えたのはそこまでだった。

人ひとりを抱えるとは到底思えない速度で男は走り、その姿はもう点に成り果てている。驚くべきか、この出来事を見咎めた者はほとんどなかった。まるで天狗風に攫われたようなありさまだった。

言うまでもないことだが、この巨漢は鳥野辺林右衛門である。

鷲尾山騒動の夜、彼は雨ヶ谷道祖を斬っている。のちに景久に復讐を企み、無辜のその周囲へ害をもたらすと感じたからだ。それをさせないために斬った。

だが景久を追って城下に入り、ふと気づいたのだ。余人を交えず彼と斬り合うには、その手段が有効であると。

ほんの一瞬考えてから、林右衛門は道祖と同じ振る舞いをすることにした。

気に入った者以外は死者。気に入っていてもいずれ死者。どうせ世は死者の顔に溢れている。どれをどう取り扱っても問題なかろう。そのような思考が根底にあればこその行動だった。なんとも外れた精神であり、呆れた面の皮の厚さである。

「あ、あ……」

地べたにへたり込んだ初名は、ふるふると口を震わせた。やがて大きく息を吸い込み——

「塩土様の、馬鹿ぁぁぁぁ！」

途方もなく不敬な声が、潮路の川面に木霊（こだま）する。なんだなんだと道行く人が振り向いた。

が、初名にとって知ったことではない。

両頬を叩いて自らを鼓舞すると、初名は封書をぎゅっと握って走り出す。行く先は無論、景久のいる自宅である。

＊

——明後日子(みょうごにち)の刻（午前零時頃）、神前にて。

書状に記されていたのは、ただそれだけだった。

駆け戻った妹から事情を聴き、そして書状を読んだ景久は悍馬(かんば)のごとく飛び出さんとした。

初名には到底引き留められない凄まじさだった。こんなにも恐ろしい兄の顔を、彼女はこれまでに一度しか見たことがない。

これを遮ったのが、非番の景久を訪っていた彦三郎である。

「落ち着け、景」

「落ち着いてなどいられるか！」

冷静な声音に吠え返した景久の胸を、彦三郎が手の甲でぽんと打つ。

「それでも落ち着け。血の昇った頭で大事がなせるものか。一刻を惜しむ事態なればこそ、まず知恵を巡らせろ」

知音ならではの呼吸だった。

景久は憤りのままに反駁しようと大きく口を開き、それから何も言わずに息だけを吐いた。

泣き出しそうな瞳で、どっかと庭土に腰を落とす。

「下手人は鳥野辺林右衛門。お初殿の見た風体が、後藤が書き送ってきたものと合致している。神前との指定もあるから、間違いのないところだろう。これは境内ではなく、文字通り神社の前、社橋（やしろばし）を指すのだろうな。景、お前が左馬之助と斬り合った場所だ」

言いながら、彦三郎は隣に立った。

「ただ、明確な日付ではなく、『明後日』とのみあるのが怖い。つまりこの果たし状がいつお前の手に渡るか、鳥野辺自身にもわかっていなかったということだ。おそらく奴は、漫然と機を窺っていたのだ。そしてたまさかに今日、その好機が訪れた。つまり勾引かすのは、いつでも、誰でもよかった」

これは林右衛門の不敵さと杜撰（ずさん）さ、そして危険性を如実に教えるものだった。目的を果たすまで、いつまでも腰を据えて狙い続ける彼のやり方は非常に防ぎがたいものだ。常に気を引き締めて緊張を保つなど、人間にはとても叶わない。常在戦場とはあくまで心構えであり、太平の世に実行が叶うものではない。

そして景久を剣戟の場に引き出す餌となるなら、林右衛門は誰だろうと構わない。すなわち、りんでなくともよい。

林右衛門の望んだ機能を今の人質が果たさぬとなれば、彼は容易にりんを捨て、景久に関わる別の人間へ手を伸ばすことだろう。つまりりんの無事を保証する言葉など、到底信用できたものではなかった。

「だからお前は余計をするな。鳥野辺に、事が上手く運んでいると思わせておけ。無策で駆け出したところでどうにもならん。動かずにいられん心地はわかる。が、それは不安の誤魔化しにすぎん。ひとまずは俺が探るゆえ、今は堪えろ。力を蓄えて、信じて待て」

今のふたりは、いつものように酒杯を交わしてはいない。

なぜなら本日の彦三郎の用向きは警告であったからだ。大捕物以降行方のつかめなかった林右衛門一味が、城下に姿を現した。その報を受けて彼は、急ぎ佐々木家を訪ったところであったのだ。完全に一手遅れた格好で、彦三郎の胸にも忸怩(じくじ)たるものがある。

「俺がきっとりん殿を捜し出す。鳥野辺を見つけ出す。そうなったならお前の出番だ。お前が剣で鳥野辺を降(くだ)し、りん殿を救い出すのだ。だから今は体を休めろ。肝心要(かんじんかなめ)のそのとき、お前が万全でなくてなんとする」

友の声を聞きながら、景久は我が腕をきつく握りしめている。そうしなければ颶風(ぐふう)のように駆け出して、何もかもを打ち壊してしまいそうだった。

自分のせいだと、そう思い詰めている。

――オレが、オレと親しくしたから。それでおりん殿は。

真っ白になるほど固く拳を握ってから、景久は小さく笑った。やはり自分は、とんだ疫病神なのだ。それはつまり、見切りをつけた自嘲だった。

「景」

呼びかけられて顔を上げたところへ、がつんと頬桁に衝撃が来る。彦三郎にぶん殴られたのだと理解するまでに、数呼吸を要した。

「巌か何かか、お前は」

呆気に取られて見返す景久の眼前で、彦三郎は拳をぶらぶらと振った。それから、しっかと友の目を見た。

「俺の言いたいことはわかるか。わかるな、景」

「彦三郎」

「なんだ」

「すまん。それから、よろしく頼む」

殴られた衝撃よりずっと鋭いものが心に響いて、景久は友へ、深く頭を垂れた。

――以前も、親父殿に殴られたな。

懐かしく思い出し、やはり自分は人の縁に恵まれていると痛感する。

「結構だ。それと俺よりもまず、お前はお初殿に詫びておけ。最前から大分怖がらせてしまっている」

言われて目をやれば、不安げに兄を見つめていた初名がぷいとそっぽを向くところだった。お陰で景久の口元に、先とは異なる微笑が浮いた。

屋敷に戻るという彦三郎と別れ、そののち景久が向かったのは向野屋である。不意打ちの事態とはいえ、りんを自分の因縁に巻き込んでしまった。それを詫びるべくの参上だった。

話を聞いた向野屋庄次郎は、予想に反して怒りを見せなかった。さらに驚くべきか、一切を景久に任せるとまで言ってくれた。

「お顔をお上げください、佐々木様」

叩頭(こうとう)する景久を宥めて、彼は続ける。

「もしかすると悲運はあの子の宿業なのかもしれません。ならばそれを佐々木様に救っていただくまでが宿命(しゅくみょう)と、手前は信じます」

自分に言い聞かせる言葉でもあったろう。愛娘を勾引かされ、平静でいられる父などあるまい。

それでも騒ぎ立てない方針を容れたのは、迂闊な刺激をすればりんの身に、より大きな危害が及びかねないと理解してのことだった。

　庄次郎は決して情が薄いではない。溢れそうな感情を抑え、よりよいと思われる道を選んだだけだ。それが一種の冷たさに見えてしまうのが、この親子の不器用なところであろう。

「理不尽はどうしたって起こるもの、降りかかるもの。なればその対処と、そこからの立ち直りが商人(あきんど)の肝と存じます。無論その心は、りんにも仕込んでおりますよ。あの子ならばきっと今頃、賊徒どもを舌鋒でやり込めていることでしょう」

　娘が案じられているだろうに、景久を気遣う軽口だった。受けて景久は、もう一度庄次郎に深々と頭を下げる。

　この邂逅ののち、佐々木景久は秋月へと居を移した。今後の林右衛門の振る舞いで景久が憤激した場合、それを掣肘しうるのは外記くらいなものだからである。

　よって以後は日がな一日、景久は特別の稽古を庭先で重ねた。道場に入らぬのは、それが剣とは異なる鍛錬であったからだ。

　異常の仕業に腐心する彼はいつになくぴりついた気配を放射しており、門弟たちは長幼問わずそれを敏感に察した。いつもの佐々木先生ではないと、外記の他は誰も傍に寄らなかった。

　一方、池尾に戻った彦三郎は即座に家人(けにん)らを呼び戻している。

　鳥野辺林右衛門が城下で目撃された時点で、その所在を探るべく彼は手勢を走らせていた。

景久に警告したのちは城に上がり、藩兵を動かすつもりでもあった。

人を捜すとなれば、小藩といえども御辻は広い。城下だけに絞っても捜索はなかなかに捗らず、探索は時間と人手をかけて地道に進める他にない。

幸いと言うべきか。相手が林右衛門ならば鷲尾山より逃れた凶賊を追うとの名分も立つ。藩からも捕り手は繰り出せようし、この人海戦術は極めて有効なはずだった。

鳥野辺一味の所在を突き止めるも早かろうし、彼らが探りに辟易して藩外に退散したなら、害を未然に防いだことになる。

が、りんの身柄を押さえられてしまった後となっては、これは悪手だった。

景久に語った推察通り、林右衛門はりんでなくともよいはずだ。だから彼らが次の機会を狙うべきと判断したとき、彼女の命は途端に危ういものとなる。移動において足手まといであり、また留め置いた彼女が少なからず一味の内情を知ることになるからだ。

彦三郎が手勢を引き戻したのは、こうした理由からである。

林右衛門の許容範囲がどこまでか正確に測れない以上、迂闊な動きを見せるべきではなかった。

友を落ち着かせるべく、『信じて待て』と口にした。その言葉を大いに裏切る動きであると、暗澹(あんたん)たる心地で彦三郎は思う。が、さしもの彼にも今は手札がない。無抵抗恭順の他に手がない。

一刻も早くりんを救い出したい気持ちはある。彼女自身のためにも、景久のためにも。だが不安を拭いたいだけの空回りで、人質の身命を危険に晒すは本末転倒もいいところだった。景久の軽挙を制止した自分が、同じ轍を踏んでどうするというものである。

さらに言えば、林右衛門を刺激してまでする意味がこの探索にはない。まず成果を上げられぬと目に見えているからだ。兎にも角にも時が足りない。明後日という期日はあまりに短すぎた。

友の助けとなれない身の歯がゆさを噛み締めながら、彦三郎は別の方角へ知恵を回しはじめる。

今は待つが最善手なら、その先、指定日の果たし合いにおいて、景久に必勝をもたらすのが次善の策であろう。

鷲尾山で徴収した弓鉄砲の活かし時とも考える。手勢を伏せるなら社橋周囲の地形の再把握と、当夜の潮路川の水位予測の必要もあるだろう。手を回せば忍びくずれから毒の類も手に入ろうか。

彦三郎にとって明後日の対峙とは、最早景久と林右衛門の一騎打ちではない。鳥野辺一味と佐々木一党の合戦である。

——そちらから仕掛けた姑息だ。返されて不平は言うまいな。

佐々木景久は、あれでいて存外に美学のある男である。剣の勝負に余計な手出しは好むまい。だが景久の恨みひとつを買うことでふたりの無事を購えるなら、彦三郎の算盤はそれを利得と見做す。

事前と事後の手回しを遺漏なく遂げるべく、彦三郎は紙と筆を文机に寄せた。

転機が訪れたのは一夜明けたのち、意外な方角からだった。

この日、秋月道場は賓客を迎えている。藩主大喜顕家であった。

表向きは蘇芳丸の通い稽古に際しての確認という体裁だが、井上閥へ下す裁きと亀童丸の処遇についての助言を、外記に求めに来たというのが実際である。

井上一派への処置も難事だが、亀童丸の扱いはなお一層に厄介だった。母に惑わされたで済ますには、亀童丸自身の行いがあまりに悪い。比例して周囲の心証も芳しくない。彼を受け入れ、助けようとする者はないのだ。

加えて顕家が伸べる手を、周囲のみならず亀童丸本人が撥ねつけてしまう。

彼にしてみれば顕家は、蘇芳丸ばかりを贔屓する親なのだ。父が兄に新しく傅役をつけた直後に、自身の凋落劇が起きた格好である。周囲の吹き込みもあってそう感じるのも無理ならぬところだったが、このため顕家は我が子と腹を割った話ができないままでいる。

どうにも困り果てた殿様が、良案を求めて外記の元を訪れたという次第だった。

外記からすれば、顕家も景久や彦三郎と等しく手のかかる弟子であるのに変わりがない。

老剣士は主君を私室に迎えて内談し、供回りはその間、秋月の稽古を眺める形となった。

この一行について、やって来ていたのが蘇芳丸である。

いつもは景久の傍へゆく彼であったが、見かけた少年の英雄はひどく深刻な顔をしていた。

外記に、「今日のあれは放っておいてやってくだされ。すぐに元に戻りますゆえ」と言い含められたこともあり、蘇芳丸はいささか寂しく道場へ足を運んだ。

それからしばし供回りの面々と秋月の剣士たちの仲立ちをしていたが、大人たちがそれぞれに歓談を始めるようになると、誘われて少年剣士らの稽古に交ざり——そこで気がかりなものを見た。

秋月においては珍しく、人の輪を外れてぽつんと座り込む少年がある。そしてその少年に、蘇芳丸は見覚えがあった。

——確か、米問屋の正吉であったか。

いわゆる長者の家の子だがそれに驕らず、好奇心旺盛で剽げた性格をしている。それゆえ大抵人の輪の中心にいる少年だと、数度顔を合わせただけの蘇芳丸でも知っていた。

それが独りきりというのは珍しいが、しかし子供というのは存外からりとしたものだ。今日は気が乗らないのか、機嫌が悪いのかと思えば、殊更構い立てせずに放って他と遊ぶし、捨て置かれた側もそれに格段の意趣は覚えず、翌日にはもう何もなかったかのように、けろりと同じ輪に馴染んで笑っているものだ。

特に秋月では、集中しない稽古は怪我の元だと、道場の先達が口を酸っぱくして言うのもあって、独り稽古、見稽古も稀ではない。

けれど、蘇芳丸は俯き慣れた少年だった。新しくできた友人のひとりひとりが気になったし、孤独に歩み寄ってもらえるのは嬉しいことだと学習していた。

それで正吉に歩み寄ると隣に腰かけ、ゆっくりとその話を聞き出した。

正吉が天狗を見たのは、前日の黄昏時であったという。

道場から帰った彼は、家の前でひとり石を蹴っていた。もう一度遊びに出るには遅く、夕餉にはまだ早い刻限である。子供の予定にぽっかりとできた、実に暇な時間だった。

だからだろう。その侍たちが目に留まったのは。

正吉の興味を引いた四人組は、彼の家で三俵の米を買い込んだところだった。大八車の類も用いず、ひとり一俵ずつを担いでゆく。米俵を持たないもう一名は、味噌樽(みそだる)と思しき樽の他、薪(まき)に鍋釜を抱き込んでいた。

どうにも不可解な光景だった。

潮路川の上り下りがあるから、都合で多量の買い付けが出るのは珍しくない。食事を提供しない、ただ眠る空間を商うだけの安宿も少なくないから、煮炊きの道具を急遽購うのもなくはないことだ。

けれど少年の感覚は、彼らを奇妙と捉えた。

夜、路地に猫たちが集まっているのを見たことがある。仲間意識を持ちながら、けれど奇妙な縄張り意識があって、一定の距離を置いたまま決して親しく交わらない。侍たちの間にある空気はそれだった。

同じ何かに属する一団なのだろうけれど、どこかぎこちないのだ。同胞として長く旅をしてきたのなら、もっと噛み合った感じが出るものだ。だが言語化できない人見知りが彼らにはあり、捷(はしこ)い子供の目はその強張りを見逃さなかった。

どういう集団なのだろうと思い、思ったら動かずにはいられなかった。好奇心に駆られて、正吉は侍たちを追った。重荷を運ぶ道中であるから、子供の足でも追跡は容易だった。

そうして後をつけるうち、正吉には薄ぼんやりと侍たちの行く先が見えてきた。

城下を出て川下に進んだ先に、廃寺がある。

かつては山裾の村を取りまとめていた寺だが、大水で村が流された。高地にあった寺は無事だったが、再建を諦めるほどの被害が村には生じ、村人は皆城下町へ移り住んだ。必然寺に意味はなくなり、住職も去って山には建物のみが残されることとなった。

水害の多い御辻の低地にはままある廃墟のひとつだった。わざわざ打ち壊す手間をかけるほどのこともないと藩は腰を上げず、このような成れの果ての残骸は随所に放置されている。野伏が隠れ潜むのではと使用人たちが危惧していたのを、正吉も聞いた覚えがあった。

そう気づくと、自分が踏み込んだ土地のところどころに堆い黒い影の正体も知れてくる。それはかつて家屋を構成した木材であったろう。

侍たちは無言のまま、墓標のようなそれらを過ぎ、かつては里山であった木立に入ろうとしていた。彼らが踏み固めたものか、獣道のような道筋が山へと続いている。

風体こそ武士だが、彼らはきっと寄り集まった野盗なのだ。そう見当をつけた途端、正吉は急に恐ろしくなった。ここに至るも侍たちの間に会話がないことが不気味さを弥増していた。

気づけばもう日も落ち、振り返った城下町の灯は遠い。怖気づき心細くなった正吉は、踵を返して密やかにその場を離れようとした。

そのときである。

ぬうとその眼前に、大男が立ち塞がった。今の今までなんの気配もなかった。だのに正吉が振り向いた直後、壁のように男はそこに現れた。上げかけた悲鳴は喉の奥で凍りついた。背に大太刀を負うこの男の、強烈な眼光のせいだった。

『つけられているぞ、お前たち』

戒めるでもなく、嘲るでもなく。ただ事実を指摘するだけの声が言う。侍たちは荷物を放り出すや、色めき立って腰の物に手をかけた。

少年は青ざめ、覚悟した。好奇心の代償は死なのだと、一瞬で命を諦めた。諦めざるをえない状況だった。だが詰め寄ろうとする一団を、巨漢の手のひらが制した。

『面倒だ。そのまま帰せ』

男——全ては死人であると世を観じる鳥野辺林右衛門らしからぬ言いだった。だがこの剣士の群れにおいて、林右衛門の言いは絶対である。林右衛門にそのつもりはないが、少なくとも付き従う彼らはそう考えている。

『三日の間誰にも話すな。話せば』

ぬう、と林右衛門は正吉に顔を近づけ、大きく口を開いた。正吉少年にしてみれば、大型肉食獣の歯並びを、間近に眺むる心地だったろう。

『お前諸共親類縁者悉くを取って食うぞ』

実のところ、深く考えての行動ではなかった。

これを斬れば、我が子が帰らぬと親が騒ごう。かと言って、攫って連れ帰ればりんが煩い。ならば脅しつけて、しばらく黙らせておけばよい。どうせ目的を果たしたなら、すぐさまここは引き払うのだと、そのように雑な腹である。

それに、と林右衛門は考える。

理不尽とは不意に降りかかるものだ。だが斯くも若い身空でそれを味わうこともなかろう。どうせ皆死人なのだ、いつ死のうとて同じなら、長く死んでいて悪いこともあるまい。

泣きじゃくりながら逃げ戻る正吉をもう見もせずに、林右衛門は廃寺へと足を運んだ。ちらりと投げ置かれた俵、樽といった物資を見たが、手を貸そうとはしなかった。

慌ててそれらを拾い上げた剣士たちが、やはり集会する猫のようにそれぞれの距離を取ったまま、彼の背に続いた……

怯えながらもそこまでを告げた正吉に、蘇芳丸は大丈夫だと微笑んで見せた。たとえ内心に不安があっても、そうすることが相手の安堵に繋がるとも学んでいた。

「それは妖物の類ではなく人間である、ならば祟り殺すような怪異はなせない。決して怖がることはない」と宥めてから、道場の指南役に声をかけ、正吉を家へと送るように頼んだ。

そのまま米問屋の警護に当たってほしい、とも。

若様の通い稽古の話があり、さらに顕家と同道してきた時点で、蘇芳丸の身分を大人たちは察している。師範代は一、二もなく頷いた。

それから蘇芳丸は、景久の元へと向かった。少年はこの話の裏に、何か悪い企みが横たわると直感していた。だから、最も信頼する相手へそのことを相談したのだ。

反応は予想外で、予想以上のものだった。

「蘇芳丸様、感謝いたします」

風変わりな稽古をしていた景久は、言うなり深く一礼した。彼の顔に漲ったのは、雷光のような激情だった。そしてその出で立ちのまま、佩刀を掴み走り出す。あっと思ったときにはもう、景久は門外を駆けている。到底、蘇芳丸に引き留められるものではなかった。

土を蹴立てる颶風のような疾走は、人をして市中に天狗が出たと噂させた。


好日が、紅葉には今少し早い木々を照らしている。日中にも肌寒さを覚えさせる秋風には、食欲をそそる味噌の香りが漂っていた。

どこにでもあるような昼餉（ひるげ）の風景と言えたろう。所が、廃寺の庭でなければ。

即席の竈（かまど）で大鍋をかき回すのは、勾引かされたりんである。具材は賽（さい）の目の豆腐に油揚げ、ぶつ切りにしたねぎだった。ねぎは煮る前に焼き目をつけた方が美味だとは彼女の信念である。

頃合いよしと頷くと周囲を見回した。かつては枯山水を気取った広い庭では剣士たちが各々の鍛錬を繰り広げている。

「坂口様」

三間（約五メートル半）ほど先の青年に声をかけると、彼は主に呼びつけられた犬のように駆け寄ってくる。

「整いましたと、皆様に声をおかけください。もうお米も炊けています」

「は！」

几帳面に一礼すると、緊張しいしいといった面持ちで、青年は他の剣士たちへ近づいていった。そのぎこちなさに、困ったものだとりんは眉根を寄せる。

攫われた当初は生きた心地がしなかった。林右衛門の駆け足が驚くほどに速かったことが、まずある。太い腕に抱えられたまま見る風景は飛ぶように後方へ流れ、目を閉じて自分の体を抱き締めるように身を小さくするので精一杯だった。

林右衛門一味の拠点と思しき寺に連れ込まれたときには、身を汚されることも覚悟した。自害すら彼女の選択肢にはあり、初名がこのような目に遭わずにすんでよかったと、そう考えもした。

けれど恐れたことは何ひとつ起こらなかった。この集団は、どうにもちぐはぐで奇妙だったのだ。

埃臭い一室に案内され、『すまんがしばらくここにおれ』と告げたきり、鳥野辺林右衛門はそれきりりんと接触を持たなかった。

縄目も受けず、見張りもつかず、ほとんど自由を許されていると言っていい状態である。さすがに寺を抜け出ようとすれば捕えられはするのだろうが、それ以外は一切の振る舞いを見逃す心積もりのようだった。

少なくとも自分には利用価値がある。それがあるうちは殺されない。手出しされない。そのことをりんは理解し、これはある程度強気に使える手札であると認識した。

もちろん、図に乗ってはならない。

この札は相手がりんに価値を認めるからこそ機能するものだ。そして林右衛門は平然とこのような強硬策を取る無法者である。りんの行動が彼の許容範囲を一寸でも超えたなら、いつなりとも状況の破却がありえた。

だからと言って、怯えて何もしないでは意味がない。許されるぎりぎりを見極めて、できる限り動いてやろうとりんは意を決する。

胸に手を当て深呼吸した。目を閉じて、思い出す。

攫われる直前に見た初名は、両手でりんを拝むようにしていた。あれは、『あとちょっとだけお待ちください！』の格好なのだ。彼女はいつも遅れはする。けれど、約束を破った例はない。だから遅くはなるにしろ、助けはきっとやって来る。必ず、彼は来てくれる。

ならばそれまでに自分がなすべきことは、まず敵陣容の把握であろう。幸いと言うべきか、刻限はまだ八つ半（午後三時頃）といったところだ。釣瓶落とし（つるべ）の秋の日だが、夕闇の訪れまでにひと通りのものは目に映せるだろう。

そうして無遠慮に一味の拠点を見回って、半刻も経たぬうちに彼女は憤慨した。

非効率なのだ。どこもかしこも。

まず汚い。林右衛門をはじめとした剣士たちは、寺内のあちこちを自分の領土として利用している。空き部屋を占拠したり、境内の隅を荷物を置いて自己主張したりと形態は様々であるが、外からそこへの通い路がまるで獣道だった。人ひとり、自分だけが通れるように物を除け、狭い空間を辛うじて確保している。

おまけに自身の縄張りにすら清掃が行き届いていない。そこかしこに埃が溜まり、風が吹くたび舞っている。

煮炊きについても程度は同様だった。

同じ場所に十数人が起居しながら、共同で何をするということがない。食事のさまを問えば、それぞれが好き勝手な折に城下へ出、あるいは一膳飯屋で腹を満たし、あるいは煮売りを買って戻って食らうのだという答えだった。

挙句の果てが、剣だ。

林右衛門が寺の一角でその大太刀を振るっているのを見た。りんを連れ帰ってからすぐ始めた鍛錬であるらしい。景久を釣り出す手筈が整って、逸りもあるのだろう。

剣士たちはそれを、奇妙なまでの遠間から見守っていた。やがて林右衛門の体捌きを真似、それぞれの模倣を開始する。

が、ここでも彼らはお互いに口を利かない。語り合って学び合っての止揚がない。ただ各々が各々の理解にだけ基づいてする、自己満足のような鍛錬だった。

全てが、この上ない非効率である。

郷に入っては郷に従えとは言うものの、これはあまりに粗雑が過ぎる。これを指して、「個々の自由を尊重する」などとは口が裂けても言えなかろう。

良い店というのは、上から下までが美しく分業している。自分が全体の中でどういう働きを成すのかを、それぞれが正確に把握しているものなのだ。言うまでもなく、ここにそのような美は存在しない。

両の拳を強く握って意気を高めると、りんは剣士のひとりに声をかけた。

『向野屋のりんと申します』

『う、うむ？』

突然真正面から見つめられて狼狽する彼に、りんは重ねた。

『向野屋のりんと申します。貴方様は？』

『ああ、拙者、坂口と申す』

『承りました。では』

にっこり笑ってさらに続けた。

『針と糸、それから古着を購ってきてください』

申しつけると、続けて同じ振る舞いを全員にした。

剣しか知らぬ、興味がないといった顔の者たちを次々に捕まえては名乗り、名乗らせ、有無を言わさず、薪、米、味噌、水、鍋釜に食材等々と買い出しを言いつけた。それから自身はたすき掛けして、次に何からどこまで手を付けるかの行動計画を練った。

林右衛門を言い負かして竈を作らせるうちに剣士たち——作業に従事する林右衛門を見た彼らは、一様に驚愕を浮かべていた——を数名ずつに組み分け、次の仕業を下知していく。

一々正確に名を呼ばれることに驚く彼らに、『生業柄、人様のお顔を覚えるのは得手なのです』とりんは澄ましたものである。

『金貸しは恐ろしいな』

『一口にまとめないでくださいい。向野屋のりんの性分ですので』

『これは失敬』

そんなやり取りしつつ作業を進めるうちに、なかなか帰らなかった米買い組が戻り、改めてりんを嘆息させた。

確かに多めに購うように言い含め、金銭も多めに渡した。だがどうしてこの人たちは、三俵もの量を買い込んできたのだろう。渡した額面を遥かに上回ってはいないだろうか。というか、ここに何年逗留するつもりなのだろうか。

りんの呆れ顔をどう受け取ったものか、米を担いできたひとりは、『俺は五俵はまとめて運べる』などと力自慢をし、それを皮切りに仲間内で無駄な競い合いが始まった。

そんな元気があるのならと日暮れまでの清掃を言いつけ、りん自身は炊事に取りかかる。台所仕事を母より習うことはできなかったけれど、他から学ぶ機会はちゃんとあった。だから向野屋でも、りんは雇いや奉公にもよく食事を給している。多人数へ向けての調理は得手と言ってもよい。

一同を呼び集めて、飯を盛り汁を注ぎながら彼らの話を聞いた。

林右衛門がする景久との斬り合い望みで自身が攫われたのだと、りんは心得ている。だから彼女の着地点は、そんな不毛を掣肘することにあった。

決して立ち合うなというのではない。腕競べなど、りんから見ればただの暴力的な行為だ。だが剣に携わる者にとって、それは崇高な部位に当たるものなのだと理解している。

だから折衷案として、せめて竹刀ですればいいではないかと思うのだ。真剣を用いなければ、命のやり取りになることもない。殺し合わねば知れない技量の差など、太平の世では確かめる必要のないものである。

そも剣士たる前に、誰もがまず人なのだ。ならばほとんどが他を知り、我を語る術を備える。つまり剣でしかわかり合えぬという言い分は、およそ気取りでしかない。そんな平常を外れた矜持（きょうじ）や本能など知ったことではなかった。

こう言えば、所詮女子（おなご）にはわからぬことと極論されるやもしれない。だが、そちらがこちらを顧みぬというのなら、こちらもそちらへ敬意を払わぬまでだ。

飴（あめ）の鳥ほども価値のないそんなものに、大事な人を奪（と）られたではたまらない。

そのように腹を決めての接触であったのだが、なかなか思惑通りには運ばない様子である。

この一党に属する剣士たちは、いずれもが林右衛門の剣に、その強さに魅入られた人間たちだった。

泰平が続き、剣は金に劣ると多くが肌に感じる時代である。尚武(しょうぶ)の足元がひび割れ、武士という身分が揺らぎ、自らのありようを見失いかけたとき、彼らは傍若無人とも言うべき林右衛門の強に出会った。

自分たちには到底叶わぬ仕業を、やすやすとその腕だけでしてのける。林右衛門のありさまは理想であり憧憬だった。

他を一切顧みず、何にも惑わされず、ただ剣のみに専心する。そのような生き方に、彼らは目を焼かれたのだ。景久が、林右衛門が、外記の剣に感銘を受けたさまにも似て。

だが本来双方向となるはずの敬慕は、林右衛門の特性により形を成さなかった。彼らもまた、林右衛門の思考を教義のように受け止めて、ただ信仰するばかりと成り果てた。

ゆえに鳥野辺一味の剣士たちは、りんの言葉に一定の共感は示しはする。だが決して翻意には至らない。一瞬の光芒の鮮烈さに魅入られた者にとって、次も先も言い訳に過ぎない。

何より――

『鳥野辺殿は我らとは異なる岸辺にお住まいだ。ただ実力伯仲の剣の場においてのみ現世と触れ合い、その束の間だけ生きる。あの方と語らえる相手は至極稀で、なれば佐々木殿とのこと、我らは邪魔立ていたしかねる』

彼らも林右衛門に生きていいてほしいのだ。そう気づいてしまえば、りんはそれ以上の言葉を重ねられなかった。

物別れに終わったそののち、彼女は提供された寝具の上で悔しく唇を噛んでいた。

憧れの相手の幸福を願うこと。それを誤りと呼びたくはない。それでも、他の選択肢に目を塞ぐやり方を肯定したくなかった。

憧憬を理由に歩み寄り一切を捨てるのは、単なる理解の放棄だろう。気持ちは口に出してこそ。言わずとも伝わるはただの甘えで、言わずとも悟れはただの怠慢だ。

本当に尊敬するのなら、肩を並べ、いつかはその背を追い越す気概を持つべきだろう。鳥野辺林右衛門を師と仰ぐなら、出藍の誉れを目指すべきなのだ。稀な対話者を待つのではなく、自らがその役たらんと足掻くべきだ。

だというのに、彼らは何も伝えあっていない。どちらも互いを見ず、話さないままでいる。ただ同じ空気を吸うだけで、心が繋がることなどあるまい。

そもそもりんの知る剣の師弟というものは、もっと互いに通じあって、ずっと互いを大事にしている。

ただ彼らも、今の関係の歪さを肯定してはいないはずだった。

ならば必要なのはきっかけだ。

ほんのわずかなきっかけが、以後の全てを一変させることがある。りんはそれをよく知っていた。

差し出口とは知りつつも、上手い言葉を探して夜を過ごし——結局妙案の浮かばぬまま、今は昼餉を供している。坂口の声を聞いた剣士たちが、それぞれの縄張りからぞろぞろと這い出して来ていた。その中には林右衛門の巨躯もある。

鳥野辺林右衛門は、りんとの接触を極力避けていた。顔を見るなり、やれ竈を作れ、やれ帰りの遅い連中を出迎えに行けと小うるさいからだ。

所詮鳥の囀り(さえず)りと無視を決め込んでもいいのだが、彼女に対しては負い目があった。林右衛門が佐々木景久を勝負の場に引き出すために、また彼を十分の心身に至らせるために必要な手配りであったとはいえ、この娘にはとんだ火の粉を及ぼしている。その自覚が彼にはあった。

気丈に振る舞いはしているが、女ひとりでは不安もあろう。男どもに囲まれて過ごしたとあれば、のちのち要らぬ邪推をする者も出よう。

死者の暮らす彼岸の悶着(もんちゃく)など本来気にも留めない林右衛門だが、りんが虐げられる原因が己の行いにあるとなればさすがに後生が悪かった。

ゆえに、思っている。もし佐々木景久を失ったのち、この娘が死んだ方がましだと言うのなら、痛みなく介錯して進ぜよう、と。それが優しさというものだ。

斯様な心地から遠慮が生じ、林右衛門はどうやらりんに苦手意識を抱いている。

感傷めいた、常にない心のざわめきが起きるのは、林右衛門が景久との勝負のその先を考えるからだろう。

佐々木景久を降せば、おそらく自分は追わずにおれない。景久に縁づくはずのあの剣士を、眼裏の師を。そしてかの人が存命ならば、もしその顔を見たならば、やはり自分は斬る斬らぬの思考に至る。どうしようと、至ってしまう。

老いさらばえ、衰え、弱り果てていく自身を見るのはさぞ辛かろう。きっと死んだ方がましの境遇だ。ならばやはり斬ってやるが親切だと、必ず自分はそのように考える。剣を介してしか世を見ないのが鳥野辺林右衛門だからだ。

だが老境の人間を、今更自分の業に巻き込むのは気が重かった。佐々木の家のみを探り、あえて剣の関わりを詳らかに知ろうとしていないのはこの憂いがためもある。

そのように我から真実を遠ざけながら、しかし同時に彼は期待もするのだ。佐々木景久を斬れば、それはかの人の赫怒（かくど）に繋がろう、と。激情は心魂を鼓舞し、十全以上の力を五体に張らせるはずである。

そのような恩師と斬り結ぶのはさぞ楽しかろうと思わずにいられないのだ。我ながら、実に呆れた話だった。

「鳥野辺様も、どうぞ」

　思いに耽るところへ、椀が差し出された。振り向かずに受け取り、まだ湯気の立つその中身を箸も使わずぐいと呷る。

　半ばを飲み干してから、言った。

「娘御は、随分と肝が据わるものだ」

　勾引かしの現場においても、この娘は臆さなかった。恐怖や混乱が身の内にあろうとも、それを決して外に出さない強い芯があるのだろう。

　林右衛門の心底からの賛辞をりんは、「向野屋のりんです」とまず受けて、それから自嘲めいて目を伏せた。

「こう見えて平素、金の亡者と渡り合っておりますので」

「金の亡者よ業突く張りよと誹られるは、金貸しの方こそと思うたが」

「借りたものを返さぬ方が、よほど道理のない所業かと」

「なるほど、一理ある」

　一見平和な昼食の場に轟音が鳴り響いたのは、林右衛門が頷いたそのときである。

　音の発生源は、寺の土壁であった。その一部が砲弾を受けたかのごとく爆ぜ砕けたのだ。

　尋常ならざる仕業をしでかしたのは、無論佐々木景久である。門へ回る手間すら惜しんでのことだった。

驚く間もあらばこそ。居並ぶ剣士たちが腰の物に手を伸ばすより早く、その姿はりんの隣にあった。一足飛びとしか言いようのない俊敏さである。

「佐々木様⁉」

「迎えが遅くなりました。面目ない」

驚くりんへわずかに笑むと、景久はその細い体を片腕で抱き寄せた。

「無事で、よかった」

愛おしく囁いて視線を上げ、周囲を睥睨（へいげい）する。

――邪魔立て無用。さもなくば潰す。

それは、そうした眼光だった。りんを支えたまま景久が出来立ての裏口へ歩を進めるのを、誰も制止しなかった。否。できなかった。

致し方ないことだった。老朽化したとはいえ、一同は土塀が人力で粉砕されるさまを目の当たりにしたばかりなのだ。何より、彼らは林右衛門について鷲尾山にも居合わせた。ゆえに景久の膂力を見知っている。ただひと打ちで人を飛ばし、戦意を喪失せしめるその金剛力を、存分に。

いずれも林右衛門に心酔する剣人ばかりだ。景久の技が一流の域にないことは見抜いている。だが心得があればこそ、単純な肉体の力の恐ろしさをより深く理解していた。暴れ馬を避くるは本能であり、怯懦の類ではない。

それでも剣士としての意地で取り囲みはしたものの、包囲の輪は景久が進むに合わせて半径を広げるばかりだった。

一方血の昇り切った景久の頭も、りんの無事を目にしたことでようやく冷えはじめている。

——ああ、これは失態をしでかした。

油断なく四方に目を配りながら、今更な暢気を思っていた。

暴発としか言いようのない真似をしてしまった自覚がある。もっと多くに状況を報せ、人を集めて支度をすれば、このような囲みを受けることもなかったはずだ。

少なくとものちのち、彦三郎に初名、先生から叱り飛ばされる覚悟が要ろう。蘇芳丸様にもお詫びせねばなるまい。

だが同時に、仕方なかろうと居直ってもいた。巻き込まれて勾引かされたりんの心中を思えば、周到な用意など到底整えていられなかった。そもそも大切な人の窮地へ駆けつけないなら、この足はなんのためにあるというのだ。

それにもし悠長をして、万一それを悟られたなら——

「我から来てくれたか、佐々木景久」

そう声を発して。

一味の中で唯一、恐れげもなく、すいと景久の前に立ち塞がった者がある。佩けぬほどの大太刀を負い、優美な大型肉食獣めいて音も気配も薄いしなやか巨躯。鳥野辺林右衛門。

――この男が、おりん殿をどう扱ったか知れたものではない。

「通してくれんかね」

「下がっていろ。これは俺の相手だ。俺だけの相手だ」

景久の言いを無視して、林右衛門は剣士たちへ下知した。無貌の世に住まう彼に、同胞があった例はない。ゆえに助太刀を受ける道理もない。言わずもがなのことである。でありながらなお口に出したのは、それだけ景久への期待が強いからであろう。

「正直、貴殿にはどういう感情を向けたものかわかりかねる」

林右衛門の言葉で剣士たちが包囲を解く。それを確かめつつ景久は、腕を解いてりんをひとり立たせた。

「なんなのだ、貴殿は。後藤の仇討ちかと思えば、そういうわけでもないらしい。一体全体どういう理屈で、貴殿はオレに執着するのだ」

これは景久の偽りない本心である。林右衛門の理屈は、彼にはまるで飲み込めない。生きる道理がまるで異なる相手としか思えなかった。

景久にとって、剣とは愉快なものである。

これを殺し殺されるに使う時代は遠く去った。剣術で渡れる世ではもうない。ならば剣が不要になったかと言えば、また違おう。打ち合い、競い合うことで生まれくるものがある。秋月の子らを見よ。無邪気に竹刀を交わして楽しむさまは、殺生のような暗い業から遠くかけ離れている。だがしかし彼らのそれもまた、間違いなく剣の道であろう。

強きを志し、肉体を鍛え、技を磨き、精神を高める行為を景久は否定しない。不意の理不尽を打ち払う備えはしておくべきであろう。武士がいまだ両刀を手挟むのと同じことだ。噛み裂く牙を持ちながらそれでも噛まぬと、そもそも噛みすらできないのとでは意味合いは大きく異なる。

しかしそもそも誰もが頂点を、たとえば誰もが一流の開祖たるを志すではなかろう。加えて強さ弱さなど、時と場合でいくらでも入れ替わる。

だから、剣とはなんら崇高でなくてよいものだ。遊戯の一環でも構いはしない。剣士としての純度の高さは、人としての幸福の具合と等号ではない。

「で、あろうな」

景久の疑問に、林右衛門は渋い顔をした。自分が外れていることをこの男は認識している。それゆえどこか、恥じ入るような言い口だった。

「なればこそ、わかりやすい理由を用意してやったのだ。向野屋りんを取り返す。その一念に猛っていれば、お前はそれでよかった」

敵意殺意の薄い景久の精神に火をつけるべく行ったのがりんの誘拐であったとは、先にも述べた通りである。勝負において全身全霊を発揮させるためにした、林右衛門なりの気遣いだ。

立ち合いを明後日としたのもそのうちである。即日では知人を勾引かされた動揺が収まらず、十全の技量は発揮できまい。心中が整い、必ずの奪還に期する心に至るまでの猶予期間が、この置いた期日指定であった。

だと言うのに、佐々木景久は早々とここへ乗り込んで来てしまった。これでは不完全燃焼である。満たされない危惧を林右衛門は抱いていた。極上の食材を、黒焦げにされた心地に似ていた。

「まあ、こうなった以上は致し方ない。今一度わかりやすくしよう」

林右衛門は、すいと切っ先をりんへ向けた。背なの大太刀が瞬きの間に手に転移したとしか思えない、それは異様な抜刀だった。

「お前を斬ったら、次はその娘だ」

刀の触れる距離ではない。だが指されたりんは肌身に刃の冷たさを幻覚し、咄嗟に抜き放った景久がふたりの間に体(たい)を割り込ませる。一見平静を保つようでその実、彼の胸の内は即座に煮え滾っていた。収まりかけた血の熱が、かっと再び燃え上がる。まだ彼女を巻き込むつもりなのかと、瞋恚が火勢を取り戻していた。

「おりん殿」

「お断りします」

「ふむ？」

「どうせ、斬り結ぶうちにひとりで逃げろと仰るのでしょう。嫌です。見ているだけしかできませんけれど、ここにいます。何もできなくても、ここで貴方を待ちます」

頑是ない子供めいて繰り返し首を横に振られ、景久は苦笑した。それで、さらにきつく睨まれる。諦めて、ひとつ大きな息を吐いた。律儀に待機する林右衛門へ、声のみを飛ばす。

「オレが生くるうちは、この人に手は出すまいな？」

「無論だ」

「結構」

頷くと、鎧われて冷たい左手をりんの頬に添えた。

「何もできないなどと、決して言わないでほしい」

ゆっくりと囁いて、片目を瞑ってみせる。

「オレは、幾度もおりん殿に救われている。オレが今ここにいるという事実が、おりん殿が確かにしてくれたことの証左だ」

「あ……」

それは、とても大切なことを告げる声音で。だから娘は、かつて自分が伝えた言葉を思い出す。

「い、りんがそこにいてくれるなら大丈夫だ。きっとお陰で、オレは折れない。過たない」

顔を離すと、向き直って構え直した。

「どうにも仕方のない因縁だが、始めようかね。斬ろうとまでは思わんが、加減できるとも思えん。死んでも化けて出ぬよう願いたい」

「同じことよ。もっとも化けて出られたとて、俺は気づかぬが」

景久が、細く長く息を吐く。待ちかねたとばかりに、林右衛門が口角を上げた。ふたりの気勢に押されでもしたかのように風がうねり、木立を鳴らす。

剣戟が始まった。

初手は林右衛門だった。

中段にあったはずの刀が、次の刹那、地を砕かんばかりに打ち下ろされている。上段に振りかぶる過程を吹き飛ばしたかのような、瞬速の剣。人体を真っ向両断しかねないこれを、景久は半歩下がるのみで躱している。梅明かりによる起こりの読みであった。

だが景久の回避動作を予期していたかのごとく、林右衛門の大太刀が翻る。返された刃の切っ先が景久の足を狙って払った。受ければまず体を崩そう脛打ちを、もう半歩下がって景久は外す。さらに重ねて下段から変化しようとする刀身を読んで、割り込むように己が一刀を水平に薙いだ。

がつり、と重い感触。両者の刃が噛み合い、驚くべきか拮抗した。

景久の剛力に対し、林右衛門は膝を沈め自重を増す力の働きを発することでその場に踏みとどまってみせたのだ。秋月外記にも叶わない、体躯を活かした対応だった。続けてそこから放たれんとする前蹴りを直前に察し、景久は飛び退る。

生じた間隙で、居合わせた者たちが揃って息を吐いた。見るだけで呼吸を忘れる攻防だった。だが満足げに口の端を上げる林右衛門に対し、景久の面持ちには濃い怪訝の色がある。

鳥野辺林右衛門は他者の顔を観測できない。どれもこれもが覚えのない死に顔と映るからだ。

声音、立ち居振る舞いから個の区別をつけられたが、相手の表情を、生の心の動きを感得するは叶わない。

そんな林右衛門の目にも、今の景久の面に当惑が大書きされているのはよく見えた。素直なことだと、微笑を浮かべる。

只今の数合は互角、あるいはわずかに景久が勝ったかに見える。が、違う。林右衛門の剣を見切り、全てに先んじたようでいて、実際はいいように動かされたのだと景久自身は感じていた。

読んだのではなく読まされている。目線、爪先、肩、膝、腕。各所に偽りの動作を発することで、林右衛門は景久を操ってみせたのだ。一連の動きは、譜面がごとく林右衛門が予め用意したものでしかない。

「お前の眼力、試させてもらった」

構えなおす景久へ、林右衛門は再び笑みを送った。それは満足の笑みだった。

佐々木景久は良い。実に良い反応をする。

景久が感じた通り、一連の剣舞は林右衛門が意図したままのものだ。しかし彼が見せた予備動作の数々は、尋常の使い手では到底察知できぬものである。でありながら、景久はその悉くを感知し、正確に食らいついて見事踊り切ってのけた。林右衛門の歓喜はそこにある。

林右衛門と語らうに足る実力を有することを、彼は明確に証明したのだ。

この若き剣士が備える天稟と境遇を、林右衛門は深く羨んだ。これほどの才が、あれほどの師に鍛えられて繰る、その技の眩さよ。どこまで伸びるのか見届けたく思い、そして同時に彼が死者たることを無念に思った。

「さて、どこまで読み解けるか。次は少し、難しうするぞ」

言うなり閃いた太刀行きが、景久の前髪を数本散らす。宣言の通り、林右衛門が景久に読める動きを減らしたのだ。虚実を入り混ぜた彼の剣が、ひと太刀ごとに景久を追い立てていく。

どうしようもなく技量で劣るその感触は、景久にとっては後藤左馬之助と立ち合った折の再現だった。あの夜覚えた悔恨から、景久は一層に剣を磨いた。だがそれでもなお鳥野辺林右衛門には届かない。あまりに遠く、両者の距離は隔たっていた。

躱しも外しも困難になり、景久の防ぎに剣を用いた捌く、止めるが増えていく。しかしさらに、その受け太刀までもが乱れはじめた。林右衛門の切っ先が肉体を掠め、薄皮を削いでいく。

溜まりかねて、景久が攻めに転じた。

大太刀の間合いに踏み入って振るわれた一刀は、林右衛門自身を狙ったものではない。まずその攻勢を妨げようと、彼の刀身を撃つべくのものだった。

が、苦し紛れが通じる林右衛門ではない。

予め知っていたとしか思えない歪な軌跡で、林右衛門の太刀は燕（つばめ）のように景久の剣を回避する。そうして足を踏み変え、構えを変えた。青眼（せいがん）に似るが、剣先がやや低い。それはぴたりと、景久の鳩尾の高さに据えられていた。

膝を沈めた露骨な突きの形のまま、ゆらゆらと剣先が上下に揺れる。その動きを無意識に目で追いかけて、直後景久は我に返った。

が、わずかに遅い。

足の力だけで咄嗟に跳ねたのと同時に、景久の右肩が裂けた。

あとひと呼吸、反応が遅れていたなら。もしほんのひと刹那、切っ先に惑わされる時間が長かったなら。

林右衛門の大太刀は、文字通り景久を串刺しにしていただろう。だがそれは既視の剣だった。身躱しは微塵(みじん)の差で間に合い、景久が負ったのは致命の傷ではない。舞った紅に悲鳴を上げかけたりんが、口を押さえて声を殺す。景久の気を散らすまいとしたことだった。

追撃はせず、ほう、とだけ林右衛門が漏らす。感嘆と、気づきを含んだ声だった。

「林流、早贄。覚えがあったか」

「後藤に礼を言わねばな」

林右衛門のそれは、かつて後藤左馬之助が見せた秘剣であった。

もっとも、その完成度は左馬之助と比較にならない。景久にとって動きの兆候は皆無であり、ただ不意に林右衛門の姿が大きくなったとしか思えない接近と刺突の速度であった。もし左馬之助に同じ剣を受けていなければ、自分の命運はここで尽きていたと思う。

辛うじて一刀を外し、けれど景久の胸中は安堵からほど遠かった。九死に一生を得はしたが、自身があるのはいまだ死地に他ならない。

「楽しいな、佐々木景久」

「オレは肝が冷えるばかりだ」

「偽りを申すな。笑んでいるではないか、お前」

はてと眉を寄せ、笑んでいたぞと繰り返された。

「鍛えた五体、培った技、瞬間の判断。それら駆使して斬り結ぶ瞬間、瞬間。それが喜びならぬはずがなかろう」

言い放つ林右衛門には、ますます生気が横溢している。

「死んだこの世で、これだけが生だ。これだけが真実だ。我らは剣士。我らは相似。揃ってそうした具合に生まれついているのだ」

彼にとってそれは、疑いようのない事実なのだろう。

ほんの少しだけ、景久にもわかる気がした。

圧倒的に逸脱したもの——たとえば景久の膂力や林右衛門の剣力のようなものは、持ち主を縛る。この才を活かさねばならぬと、この才は天の与えた使命なのだと、そう視界を狭める。

「そうだな。そうかもしれん。うむ、わからなくもない」

けれど。

そんな妄信を吹き飛ばすものたちを、景久はもう手にしていた。

「オレと貴殿は、初めは似通ったのかもしれん。だが違う。もう、どうしようもなく似ておらん」

「なぜ言い切れる?」

「力がなくとも剣がなくとも、オレはオレだ。オレのままでなせることがあると、そう教えてくれた人がいる。それにな、悪い道へ陥りかけたその折に、ぶん殴ってくれる友もある」

加えて、秋月の少年剣士たちを思い出す。彼らがからからと今を謳歌して笑うのは、全力を尽くし、その上で勝敗があるからだ。だから勝った者は本気で喜び、負けた者は本気で嘆く。剣戟ほど劇的でなくともよいのだ。そうした切磋琢磨はそれこそどこにだってある。

鬼事でもいい。駆競でもいい。子供の遊びのみに限らず、それこそ煮売り、荷運び、城中での様々な勤めと、日々の中にいくらでも横たわる充実のはずだ。

だから生死に固執する林右衛門の境地は何かに惑わされた末の、ほとんど誤った魔境としか景久には映らない。

「無稽とは言わぬ」

景久の心地が、強い反発を招いたものであろうか。林右衛門の眼の色が、ふっと暗く沈んだ。彼に、景久の幸福な懈怠を許すつもりはないようだった。

「が、ここで斬り死ねば何もかも虚しいばかりだ」

まったくもって正論だった。

如何に理想を振りかざそうと、魔境の浸食を食い止められぬのならばただの戯言だ。負け犬の遠吠えでしかない。

自分が勇敢であると、佐々木景久は思わない。

幼い時分から、己の膂力を知っていた。本気を出せば大人にも勝てるとわかっていた。たくさんの無茶もしたが、ほとんどいつも、勝てる相手とだけ戦っていたようなものだ。結果のわからぬ勝負に身を投じ、死力の果てに笑って死ねる覚悟などなかった。

だから今は恐ろしい。本音を言えば、すぐにも逃げ出してしまいたかった。恐ろしい林右衛門から逃れ、大切な人々だけ手の中に抱え込み、尻尾を巻いてしまいたかった。

けれど、それはできないことだ。

なぜならこの佐々木景久にも、ちっぽけながら意地がある。掴んで離したくないものがある。おまけにこんな自分の背などを、憧れの目で見る者まであるときた。これでは到底無様など、披露しかねるではないか。まったくどうにも困ったことだ。

「ふむ」

優しく目を細めた景久へ向け、林右衛門はひとつ頷いた。

「満ちたな。良い気迫だ。良い顔をしているのだろう。きっと、剣士の顔だ。こちら側の顔だ」

ぐうと、林右衛門の身の内で何かが凝縮された。

目に見えぬそれは、しかし圧倒的なまでの存在感を誇っていた。他の全てを路傍の石とし か感じさせなくなるほどに。その圧迫は、何もかもを歪み、染め上げていくようだった。

陽炎(かげろう)のごとく大気が揺らめいて見えた。気当たりが、火炎のように景久の全身を焼き包む。熱は、夜闇に似ていた。あらゆるものを押し包み、飲み込み、覆い尽くし、塗り潰す、圧倒的な気配。殺意でも敵意でもなく、しかし必ず訪れる終焉の感触。

──無貌剣。

何もかもを黒く、また昏(くら)く。世界を己一色に染め上げる、林右衛門の剣のかたちである。

それは全てを死したるものと観じる傲岸不遜(ごうがんふそん)の剣だった。

死者へ振るう刃に迷いはない。彼の目は、もう斬断された景久を見ている。なれば後はた だひと太刀を振るえばよい。理想のまま存分に斬ることだけを思えばよい。既に斬ってから 剣を振るうのだ。どうして仕損じることがあろうか。

音もなく走った林右衛門の逆袈裟(ぎゃくけさ)へ、応じた景久が我が刃を叩きつける。幾度目とも知れ ない刀身同士の噛み合いは、これまでと異なる結果を生じた。

やはり無音で、景久の剣は半ばより斬られた。負荷によりへし折れたのではない。それは間違いようのない斬断だった。鋼（はがね）が鋼を断ったのだ。恐るべき刃風だった。

ただ受け太刀をしたのであれば、刀ともども景久自身も輪切りとなっていただろう。だが防ぎの動きではなく、真っ向勝負の打ち合いの形を選んだことがまたしても景久の命を繋いだ。

ぶつけた渾身（こんしん）の力が斬撃をわずかに弱め、林右衛門の刃は胸板を裂くのみに留まっている。浅手とは言えないが、それでも景久ならばまだ動ける傷だった。図らずも彼は、林右衛門の見た未来を、世界を覆した格好になる。

そのことが林右衛門に微細な惑いを生んだ。返しの太刀はわずかに遅れ――しかし次こそ確実な死をもたらさんと得物を失った景久を襲う。

「む――⁉」

直後、唸りを発したは林右衛門だった。わずかな動揺の間に踏み込んだ景久の左腕（さわん）が、彼の太刀は跳ね上げていた。無論、景久の肉体は鉄ではない。

彼の腕は、具足の一部めかしい篭手（こて）で鎧われていた――

自在置物と、今日そう呼ばれる品がある。金属の板を重ねて龍や鳥、海老や蝶（ちょう）といった様々な生物を、写実的に作り上げた工芸品だ。その名に違わずこれらは自在に、実物のごとく動作させることが可能だった。

　江戸期に誕生したこれは、甲冑師の流れをくむ人々によって生み出されたものだ。戦乱が遠く去り武具の需要が失われると、彼らはその技術を工芸に転化した。あるいは技法を失伝させぬために。あるいは口を糊するために。

　この技術に目をつけたのが彦三郎である。

　彼の着眼の理由は実に単純だった。

　彦三郎は佐々木景久の強さを疑わない。だが同時に、それは剣士の強さではないと考えている。ならば彼に名刀は要らず、景久本来の動きを妨げぬものこそが相応しい。よって彦三郎は求めた。刀より自在で、刃を防ぎうるもの。我が友の戦作法により適したものを。

　こうして制作されたものが、景久が両腕に纏う品である。施された工夫は感嘆然るべきもので、篭手は肘から指先までを包みつつ、五指の自由を保証した。

　生兵法を避けて結局鷲尾山では用いなかったが、そののち外記に指南を乞うて、景久はこの扱いに習熟していた。

　蘇芳丸が目撃した稽古はこの一環であり、重ねた精進が今、林右衛門の斬撃を押しのけたのだ。心気に乱れを生じながらの太刀とはいえ、付け焼刃の体術として十二分の戦果と言えよう。

日の光の下であるから、もちろん林右衛門の目は袖から垣間見えるこの防具を捉えていた。でありながら景久の防ぎが想定外となった理由は、彼の観法に起因する。

鳥野辺林右衛門は、万人を死者として見る。ゆえに誰の出で立ちにも無関心だった。どうせ己には関わらぬものと決め込んで、細部を検めることなどなかった。そも、一体誰が死人の装いに興味を抱こうか。経帷子(きょうかたびら)の仔細を観察しようか。斯様な意識ならではの死角が、林右衛門に不利をもたらした。目を開けているだけでは、物を見たとは言わぬのだ。

「奇態な工夫をしたものだ」

思わず漏らすそのうちに、景久は飛び下がって、体を整えた。ひと呼吸だけりんに視線を送り、頷いて見せる余裕すら生まれていた。

「知っているか。オレは弱い。貴殿よりも大分に弱いのだ」

これは剣の限界ではないと、景久はそのように考える。ただ、オレの限界だ。

鷲尾山が事の前、外記がつけてくれた稽古を思い出す。あの日披露された剣は、景久の心魂を震わせた。人はここまで至れるのだと驚嘆した。

何より素晴らしく感じたのは、正しさの顕彰(けんしょう)のようなその剣の美しきが、外記一代で形作られたものではないということだ。

外記にも師があり、その師にもさらに師があった。人ひとりの生涯ではとても紡ぎ切れない研鑽が、幾世も積み重なることで絶佳として花開いている。

伝えていくこと。繋がっていくこと。

顔も知らぬ遠い過去の人々から、廃れず受け継がれてきたものがある。それこそが今を形作るものだ。そしてこの潮流の先端に、独りならず自分は立っている。

このことを感得できたは、少しなりとも前へ進んだからだと。

もし我が膂力を恐れ、縁側で腐るだけであったなら、佐々木景久はこのような思考に至れなかった。外記もまたそうだ。今の景久ならば容れられると信じたればこそ、導を示してくれたのだろう。

剣も膂力も知恵も権勢も、いずれも人が振るうものだ。その担い手の心地次第で、如何様な作用も生みうる。

理不尽としか思えない悪意を他者へもたらすことができる。反対に災禍を打ち払い、不運不幸に出遭った人へ手を伸べることもできる。

仮に一過性の救いだとしても。必要なときに訪れたそれは確かな助けとなるのだと、蘇芳丸へ助力する過程で気づけた。思い返せばそれは、父が、初名が、彦三郎が、りんが、外記が——他にも数多くある愛おしい人々が自分にしてきてくれたことと同一だった。

だから、彼は望むようになっていた。敬慕する大人たちのように、自身も誰かの道標となることを。時に背伸びをし、時に格好をつけながら、行く手には眩いものがあると教えゆかんことを。

外記より伝授された梅明かりとは、覚りの剣だ。

耳、鼻、眼のみならず、敵意を肌に感じ、殺気を舌に味わい、対峙する者の心を盗み聞く術である。相手をより深く知り、理解することで先を読む。それは一切の動作を封ずる鏖殺の剣であり、同時に相互の理解をもって偃武に至る平穏の剣でもあった。

これを用いて斬り結ぶうち、景久は朧気ながら林右衛門の精神の輪郭を知覚している。

彼の核は子供だ。世に身の置きどころがないと決め込んで、自分の世界を狭める童だ。他者との接し方を知らず、自らの立ち方を知らず、ようやく見出したあり方を唯一の真理としてしがみついている。泣きじゃくりながら親の裾を掴んで離さぬ幼子のように。

そして景久は知っている。そういう人間を、実によく知っている。剣において遥か先を行くこの男は、困ったことに景久に似るのだ。図らずも最善、林右衛門自身が口にしたように。

ゆえに心は定まっていた。

まず手始めに、この図体の大きな子供の目を覚ましてやろう。手前の結論に凝り固まる、その頬桁を叩いてやろう。そう思った。かつて、自分がしてもらったように。

この種の諭しは相手が拠って立つもの、つまり林右衛門に対しては剣で行うのがよい。だが、それは己の身の丈を越えた望みのようだ。鳥野辺林右衛門はひどく手強い。己の念に凝ったままの形で、生のままに強い。

では仕方があるまい。ならば致し方あるまい。別のやり方で行くまでだ。

「だがしかし困ったことに、それでもオレは貴殿に打ち勝らねばならん。となれば、なんだろうと用いるさ」

両の拳を握り締めた。刀の喪失は、折よい契機だった。

これは、秋月外記の剣とは異なる。先には続かない代物だ。景久にのみ依拠し、所属する力であり、後に受け継がれるものではない。行方を見せる灯にはなれない。

だが——当座の役にはきっと立つ。

景久はもう振るうを躊躇わない。暴力的な己の天性を、臆病にしまい込んでいた爪と牙を、先のために、未来のために。

だから林右衛門は誤っている。これは剣士の顔などではない。様々を重ね経た、佐々木景久という男の顔だ。

すいと景久が身を沈めた。四足で駆ける、まるで獣の低さだった。

次の刹那、それが奔った。

林右衛門の太刀行きは、動作の過程を飛ばすがごとき速度を誇る。景久はそれと同様を、刀身ではなく全身でしてのけた。

常人の目にはわずかな影とすら映らぬであろう速度が、稲妻の形に飛び違えつつ林右衛門に迫る。不規則極まる景久の方向転換は、脚力のみでするものではなかった。時に五指で土を穿ち、あるいは拳で地を殴り、無理矢理な急制動と加速をなし遂げている。

およそどんな武術にもない、無法の理だった。

景久の手刀が、空を灼いて林右衛門の喉首へ走る。鉈のごときそれを、咄嗟に上体を逸らして林右衛門が避けた。無防備に残った足を、景久の蹴撃が襲った。両足を丸ごと刈り取ろうという勢いだったが、林右衛門も並の使い手ではない。

鈍器めいて重い蹴りへ足裏を合わせ、景久の打撃の威を乗りこなすようにして後方に飛ぶ。が、それで距離はできなかった。人ひとりを片足で浮かせながら景久の体幹は乱れもしない。軸足は力む風情もなしに肉体を前へ送り、跳ねるようにして林右衛門を追っている。すかさず繰り出された貫手は、まるで短槍だった。側面から太刀をぶつけることで、林右衛門はこの切っ先を横へ逸らす。

鍔迫り合いと呼ぶにはいささか奇妙な形で、ふたりの動きが停止した。

「なるほど」

満身の力で押し合いつつも楽しげに、林右衛門が笑った。

「これがお前か。本来のお前か。さもありなん。今までの上品な剣では、左馬之助の足は砕けまい」

得心と、讃嘆の息を漏らす。

今の攻防は、明らかに林右衛門に分がなかった。

梅明かりほどの領域になくとも、一流の剣客は皆、観法に通じる。起こりを読み、先を予測する程度は、剣士ならば誰だろうと自然にすることだった。両手に握った刀というのは、存外に不自由なものだ。斬撃、刺突の方角はほぼ固定され、そこから発する斬撃も自然動きが限られる。腕前、技量による差はあれど、そこに読み合いが生じることになる。

だが景久は刀を失い、代わりに自在を得た。

刀剣以上の脅威を備えたその四肢は、やはり刀剣以上に変化が豊富だ。その多彩が、林右衛門の反応を鈍らせている。ひとつ読み違えれば、次の行動がひとつ遅れる。その遅れは積み重なって、やがて取り返しのつかない死地となろう。恐怖と焦りに心身を縛られれば、結果訪れるのは死のみだ。

最前、林右衛門はあえて予備動作を見せることで景久の目を眩ませた。

だが今、林右衛門が景久に施されるはその逆しまだった。

言うまでもないことだが、景久は林右衛門を天賦のみで上回ったのではない。確かに左馬之助の折はそうだった。ただ力だけで勝ちを拾った。

しかし左馬之助を超える剣士である林右衛門の翻弄が叶うのは、天稟に技が加わるからだ。身の置きどころを見出し、自らを肯定して伸ばした結果であった。もし景久が何ひとつ思うところなく、本当に懈怠を決め込んでいたならば、彼はここで必敗していた。

じりじりと押し合ったまま、互いの次を探る硬直が続く。その息詰まる静を破って動に転じたのは景久だった。

わずかに膝を沈め、転瞬伸び上がるように刃と噛み合わせていた右腕を押し出す。林右衛門は両腕、景久は片腕。通常ならば軍配の行方は明らかだが、景久の膂力はものが違う。圧力で体を崩すを嫌って、林右衛門がまたも後退した。

そこへ、景久が左腕を掬い上げた。緩く開いた五指の先までが金属に鎧われている。ゆえにこれはただの打撃ではなかった。最も近いのは猛虎の爪だ。腹から胸にかけて掻き捌かんという一撃を、林右衛門は太刀で払う。ぞくぞくとした戦慄と同時に、歓喜がその背筋を駆け巡った。

——これだ。

歯を剥き出して、林右衛門は思う。これが生だ。これが命だ。俺は今、どうしようもなく生きている。

さらに加速する景久の自在に、林右衛門は反応し、対応し続けた。刹那迷えばすなわち敗れる状況を継続させるのは、まぎれもなく磨き抜いた林右衛門の技量だ。

ここまで林右衛門との対話を続けられたのは、景久が初めてだった。互角以上の剣士を前に、彼はただ随喜する。そしてその歓喜は、ますます林右衛門の集中力を研ぎ澄ました。

まるで時間が引き延ばされるような感覚の中、林右衛門は時に劣勢となり、時に優勢となる。

死闘のひと刹那、ひと呼吸を焼きつけんと、彼の目は景久を凝視していた。あの篭手を他愛ないものと見逃した轍（てつ）を踏むつもりはもうなかった。佐々木景久の一挙手一投足に、些細な指、爪先の動きから肺のふくらみまでに目を凝らす。

かつてないことだった。

それは相手の顔色を窺う行為に等しい。つまり林右衛門には不可能な芸当なのだ。

そして研ぎ澄まされた知覚の中、林右衛門はついに景久の顔を見た。これまで見続けてきた、誰とも知らぬ亡霊の面ではなく。彼は、佐々木景久の顔を見た。

――ああ。

――お前も、生きているのだな。

鳥野辺林右衛門の刀法が、綻（ほころ）びた瞬間だった。

これまで無関係と見切り、無関心に断ち切ってきた者たち全てが、それぞれの顔を備えていたのだと林右衛門は思い知る。限りない増上慢、果てしない孤独の剣は、景久を対等と見たこのとき、ついに通力を喪失して破綻した。

丁々発止（ちょうちょうはっし）の中に突如生じた虚脱を、景久は見逃しはしなかった。

伸ばした鉄腕が、林右衛門の大太刀を掴み、引く。前のめりに崩れるを回避すべく反射的に後方へ踏ん張るのに合わせ、半回転しながら懐へ滑り込んだ。同時に、柄（つか）からもぎ取った林右衛門の右腕の手首、肩を掌握。背なに担ぐ形を経由して、天高くその巨躯を舞わせる。景久の筋力と握力が総動員されたそれは、逃れようのない投げ技だった。

なす術なく地べたへ叩きつけられた林右衛門の体が、凄まじい音を立てて弾む。自重と速度が合わさり、それきり不随となってもおかしくない衝撃だった。

——足りん。

だが、景久は直感していた。これでは林右衛門を倒し切れぬ、と。

投げ落とした形から、咄嗟の動きで体（たい）を林右衛門の上に落とした。倒れ込む速度を乗せた肘が鳩尾へと突き刺さる。ぐうと呻（うめ）いて、林右衛門の動きが停止した。

それから景久が立ち上がるまで、咳（しわぶき）ひとつなく静かだった。林右衛門に憧憬する剣士たちは、信じられぬものを見たかのように黙りこくっている。

――さて、どう出るか。

正直に言って満身創痍、疲労困憊の状況である。ここからこの数相手に立ち回るのはさすがに苦しい。あまり感情的にならずにいてくれると助かるのだが。

「死ぬかと思った」

景久が先を案じたところで、足元から声がした。びくりと目をやれば、転げたままの林右衛門が目を瞬いている。呆れた耐久力だった。

景久と同じく全身に打撲痕と裂傷がある。痣まみれ、血まみれだった。幾か所か骨も折れているだろうし、最後の投げと肘の衝撃は、それこそ骨身に染みたはずだ。おそらく殺してしまったと、景久が覚悟を決めたほどの手応えである。

だのに、その声に苦悶はなかった。

「これは確かに、憑き物も落ちる」

林右衛門が続け、だがそこが限界だったのだろう。さらなる言葉を紡ぐことなく、彼の手足から力が抜けた。失神したのだ。景久ばかりでなく、どうしてか剣士たちもほっと息を吐いた。

「――景久様！」

そこへ、どんと衝撃が来た。

駆け寄って、胸に飛びつくようにしてきたのはりんである。半泣きの瞳を思わず抱き返し、それから気づいて離そうとした。

「召し物が汚れます」

自分もあちこち出血している。それゆえの気遣いであったのだが、りんは一瞬顔を上げた後、両手を景久の背に回してぎゅうと体を押しつけてきた。絶対に離れないと言わんばかりの強さだった。りんを女丈夫と目していた剣士たちが、一様に驚きの顔をする。

頑是ないその細腕は、景久の力では解けそうにない。

どうにも困ったと思いつつ、景久もまたりんの背なへ腕を回した。いまだ篭手をつけたままであったから、痛みを与えないよう、そっと。

やわらかな温度に抱擁されながら、ひどく華奢な輪郭を感じながら、思う。

幸せというのはきっと、こんな形をしているのだ。

終章　禾乃登（こくものすなわちみのる）

その日、大喜顕家は家中の主だった者を一堂に呼び集めた。井上盛隆とそれに与（くみ）した面々へ沙汰を申し渡すべくである。

顕家がまず伝えたのは、井上盛隆の自害だった。

銀の横領を認めた彼は、責を取って拘留先にて自刃。また、娘の井上寿葉も同日、自ら喉を突いて儚（はかな）くなった。井上閥に属する人々の罪を減じることを嘆願しての死だったという。

顕家は両名の遺志を受け、余（よ）の者全てを不問にすると告げた。

主君暗殺の大逆と嫡子入れ替えについては一切伏せられた格好である。大事を小事とすげ替え、蓋をして全てなかったことにする、どうにも御辻らしい小心さの拭えない沙汰だったが、仕方ないと言えば仕方のない配慮でもあった。

盛隆を謀反で裁かば、家中不行き届きで藩が危うい。加えて盛隆の人脈は広く、大きかった。余罪を追及し、連座、縁座までをもすれば一時的ながら人材が枯渇（こかつ）し、御辻の政治が機能不全を来す恐れがある。

さらに罪を被るならばと居直っての反抗も、当然ありうる危険のうちだ。

よって盛隆親子により禊がなされたと大々的に広めることで動揺を鎮め、これ以上意趣を抱き合うなと暗に知らしめたわけである。

とはいえ、井上閥の面々が無罪放免となったわけではない。

彼らは降格の形で役を変ぜられ、慣れぬ業務に従事する運びとなった。今まで権勢を笠に着た振る舞いをしてきただけに、周囲からは冷淡で懐疑的な目が常に注ぎ、こののち彼らは派閥としての結束を喪失していくことになる。

この実質的な閥の解体と、万に支障ない異動の絵図面を描き上げたのは池尾彦三郎であった。

本来は自身の口からこれを告げ、憎まれ役を買って出る心積もりであったのだが、顕家は自らがすべき役割であると拒否。本日の彦三郎は群臣とともに控え、藩主の言葉を拝聴する位置に収まっている。

井上家は嫡子不在であったため、血縁の者が別姓のまま家督を継ぐ次第となった。これに際して鷲尾銀山は井上の手を離れ、別の管理者が赴く手筈である。この管理者に、無論盛隆ほどの裁量は認められていない。藩の監査もしばしば入り、同種の悪事の再発を防ぐ形態が整えられている。

この日ようやく、公においても死を認められた盛隆と寿葉であるが、その弔いは顕家が執り行うことも発表された。

横領は罪だが、銀山を見出して御辻を富ませたは功。それを半ばして評価し、主君自らが葬儀を取り仕切る。こう述べれば故人への餞(はなむけ)めくが、この喪に携わる者の中に亀童丸の名が一切ないことが、一同に含意を感じさせずにおかなかった。

少年とはいえ、井上に一等縁の深い人間をその葬儀に関わらせない。母と祖父の弔いに交わらせない。それは今後の政においても同様に亀童丸を除する意思の表れとしか思えぬものであった。

ゆえに申し伝えを終えた顕家が退出した直後、亀童丸の周囲からは波が引くように人が離れた。

蘇芳丸の台頭が明らかな今、亀童丸は政治的な火薬である。いつまた、どんな理由で引火、起爆するか知れたものではない。権勢日当てで彼に阿(おもね)っていた大人たちにすれば、抱え込む危険性ばかりが高い厄介者なのだ。

亀童丸にしてみれば、急転直下の事態だった。

鷲尾山での騒動以降母は戻らず、ただ閥の人間に大事に守られて――実際には周囲から隔離されて――きた。それが突然白洲(しらす)めいた場に引き出され、このような沙汰を下されたのである。状況に幼心がついてゆかぬも当然であろう。

救いを求めて右を見ても左を見ても、これまで親切な顔を向けてきた大人たちは目も合わせずに遠ざかる。長く甘く育てられてきた少年には、何が起きたのかわからない。不意に味わう天涯孤独の心地だった。

――兄上はわたしと違って、望まれておりませんからね。誰にも、必要とされておりませんからね。

かつて兄を誹った言葉が、そのまま自分へ跳ね返ってきた格好になる。呆然と立ち尽くす亀童丸の目に、じわりと涙が滲みはじめた。

その孤影を目にして、蘇芳丸は一旦は俯いた。見て、見ぬふりをしようとした。自分に何ができるはずもないと決め込んで。

けれど、胸に声が蘇った。

――某は、まるで立派な人間ではないのです。蘇芳丸様の思われるような英傑などでは、とてもとても。

――だからもしオレが立派なように見えるとしたら。それは先を、隣を、後を歩く人たちがあるゆえです。

独り、心細く諦めの底にいた自分へ手を伸べてくれたのは、佐々木景久であり池尾彦三郎であった。

差し伸べられた手のあたたかさは、これ以上なく身に沁みている。だから自分も、我が弟へこの手を伸べようと思った。思えた。

だから、すっくと蘇芳丸は立ち上がる。

彼らの期待に背かぬようにありたいと。憧れた背に続きたいと、そう願って。

途端、周囲の大人たちから、それぞれの思惑を抱えた視線が注ぐ。だが、もう怯みはしなかった。

『泣くな、泣くな』

しっかりとした足取りで亀童丸へ歩み寄り、弟の震える肩を精一杯に抱き締める。

『よし、よし。そなたの兄は、これなるぞ』

戸惑うように彷徨った亀童丸の手が、やがて兄の着物をぎゅっと握った……

彦三郎が語る話を、金創（きんそう）の熱があるまま景久は聞いている。

さすがに無理が祟ったのだろう。林右衛門との死闘から数日の間、景久は高熱を発して寝込んでいた。発熱など、常にないどころか初めてのことであり、初名が医者を呼ぶの坊主を呼ぶのと大騒ぎをしたものである。

彦三郎への対応も、縁側へ延べられた床（とこ）の上でである。ここに寝そべるのはいつものことだが、寝具の上というのが実に間抜けだ。だがきちんと養生する姿勢を見せないと、初名が煩くて敵（かな）わない。それゆえ酒も禁じられ、床の上の景久は彦三郎が手酌でやるのを羨ましく眺めるばかりだった。

林右衛門との諍（いさか）いは表沙汰にしていないことである。それで世間は唐突な景久の病気療養の理由を、鷲尾銀山荒稽古の疲弊と決め込んだものらしい。暗闘に関し、別段詮索を受けはしなかった。

が、裏を知る彦三郎にとっては話は別だ。

りんを無事助け出したとの報告を受けはしたものの、その後詳細を問い質す暇（いとま）もなく景久は寝込み、また城中のこと、身内のことがあって彦三郎はしばらく身動きが取れずじまいでいた。初名よりあらましを聞き及びはしたものの、又聞きの伝聞ではどうしたって据わりが悪い。

気が気ではなかった彼は、景久が起き出したと耳にするなりこうして枕頭に馳せ参じたのである。

「蘇芳丸様はご立派であったのだな。この目で見たかったものだ」

「実にご立派でいらしたよ。本来亀童丸様へはな、沙汰ののちに顕家様が御自身でお声をかける段取りだったのだ。だがそんな真似をするまでもなく、蘇芳丸様が御自ら働いてくださった。我らが出しゃばるまでもないことだった」

酒杯を干してから、しみじみと彦三郎は言う。

「まったくお前、惜しいことをしたぞ、景」

素晴らしいものを見損ねたのだとばかりの口ぶりに、景久は二重の意味で顔を顰めた。

「それで？　結局亀童丸様はその後どうなったのだ？」

「気になるか？」

「ああ。オレたちは蘇芳丸様の助太刀はできた。だが代わりに、亀童丸様を不幸の淵に突き落としたのかもしれんと、そう思ってしまうとな」

「無用の心配さ」

眉を寄せると、彦三郎は明るい調子で嘯いてのける。

「気を持たすな、彦。お前、何を知っている」

「実は慶秋尼様がな。亀童丸様の後見に名乗り出てくださったのだ。『顕家が子なら、皆我が孫です』となし
「おお」

この話は立ちどころに進捗し、亀童丸は数日のうちに慶秋尼預かりの身となった。

寺住まいではあるが、僧籍に入ったわけではない。時が来ればまた、蘇芳丸を支える一門として城に戻る手筈だという。

「先日、様子見に訪ったのだがな。ちょうど蘇芳丸様も弟君を訪ねたところであったよ。慶秋尼様の眺める庭先で、ふたり並んで竹刀を振っていらした」

「そうか」

その光景を想像したのだろう。目を細めて、景久が頷く。

景久は知らぬことだが、慶秋尼は元来、後藤閥の人間である。彼女が顕家の生母たることを、新之丞は執念深い蛇のように憎んでいた。そうして後藤の弱まりを突き、僧院へ押し込めてしまったのである。

彦三郎の訪問は、慶秋尼と池尾の間に横たわる斯様な経緯がゆえだった。もし彼女が恨みつらみを降り積もらせ、つまらぬ因縁を亀童丸に吹き込むようなら、と案じたのだ。

だがそれはつまらぬ杞憂だった。ふたりの少年の祖母として、慶秋尼は十二分の人物であろうと彦三郎は見定めている。

「時に彦。お前、七歩の詩というものを知っているか」

「曹植だな」

「うむ」

不意に漢詩について触れられ、彦三郎は意外の顔をした。景久が持ち出した七歩の詩とは、唐の三国時代を代表する詩人、曹植の作のひとつである。

　魏の実質的創始者として知られる曹操には多くの子がいた。この中で才覚を示し、後継者と目されたのが曹丕と曹植の兄弟だった。両者の権力闘争は派閥を形成しながら拡大し、やがて曹丕が正式に太子に任じられると曹植の一派への迫害は激化。曹植自身も中央から遠ざけられ、各地を転々とする生涯を送ることとなる。

『三国志演義』には曹兄弟を描いた著名な場面が存在し、そこで曹植が詠むのがこの詩だ。

――兄弟という言葉を用いずに、兄弟を主題とした詩を作れ。

兄にそう命じられた曹植は、釜の下で燃える豆がらの情景と釜の中で煮える豆の嘆きとを吟ずるのだ。骨肉の争いを、同じ根から生じた同士を用いた煮炊きになぞらえたこの詩文は、煮豆燃萁の語源としても世に知られる。

「さては、りん殿に教授されたか」

「うむ」

　頷くと、景久は付け足した。

「此度のことを見て、この詩を知って、オレは改めて思った。家族は、睦まじくあるのがよい。だから、なんと言うかな。若君たちのことがひどく嬉しい。世にふたりきりの兄弟なのだ。仲よく遊ぶのが一等さ」

景久が呟く。至極当然を言ったとしか思っていない様子だった。

蘇芳丸と亀童丸。ふたりの間の距離は、まだ埋められる程度にしか離れていまい。きっとこれからお互いの形を探り、良い塩梅で腰を落ち着けることができるはずだ。煮る煮られるの間柄になることは、もうきっとない。

暢気極まるその顔を見て、「まったく、幸せ者め」と彦三郎は歯切れ悪く微笑する。どうしたと景久が問う前に、彼は話を転じた。

「それより、お前の方はどうなのだ。鳥野辺林右衛門の一件、どう片付いた。あやつ、この頃は足繁く秋月に顔を出すとも聞き及んでいるぞ。一体あれは、何がどうしてどうなっている？」

これは景久の容体ともども、彦三郎にとって気がかりな事態であった。

「ああ、うむ。あれの秋月通いは、きっとおりん殿のせい……いや、お陰であろうなあ」

呟きながら目を閉じて、景久はその日の記憶を掘り返す。

＊

林右衛門の失神ののちもしばし、りんは景久に寄り添ったままでいた。だが情よりも理の強いのが彼女である。やがてはっと我に返り、景久の顔を見上げた。

『佐々木様、お怪我！』

『ああ、うむ、大丈夫。血はそこそこに派手ですが、別段何ほどのことも……』

『お座りください』

『いや、だが』

『お座りなさい』

犬の子にするように言いつけられてしまえば、是非もない。景久が地べたに腰を下ろすと、すぐさまりんは傷を検め、次いで振り返って剣士たちへ呼びかけた。

『斎藤(さいとう)様、布を。中山(なかやま)様はお酒を。荒井(あらい)様はお湯をお願いします。お鍋を洗って、早く水瓶へ。他の方もぼうっとせず、早く鳥野辺様を診てください。無理に起こしてはなりません。まず戸板を、そう、そこの板を体の下に』

指示し慣れた声に名指しされてしまえば、剣士たちもまた否応なしである。

そうしてりんの差配の下、てきぱきとふたりの応急処置が進められた。

意識こそ戻らないが、林右衛門の呼吸は寝息のように健(すこ)やかで、どうやら命に別状どころかなんの後遺症もなさそうだった。景久の怪我もほぼ同等で、胸と肩以外はほとんどかすり傷である。大きな傷口であったそのふたつも、酒で浄(きよ)め、布で縛る頃にはもう出血も止まりかけていた。数刻後には治癒し切っているのではと思うほどの回復ぶりである。両名とも、呆れ果てるしかない丈夫ぶりだった。

ふたりの頑健具合に気をよくしたものか、やや憚りつつも景久の傍にいた剣士のひとりが口を開く。

『実に見事な剣でした、佐々木殿』

『いや、あれは剣などとは、とても』

『何を申されますか。万全に戻られましたら、某へも一手ご指南賜りたいものです。そのときは及ばずながら一命を――』

『いい加減にしてくださいっ！』

そこへりんが被せた。珍しい怒声だった。彼女は静かに窘めるのが常で、滅多(めった)に声を荒らげない。だのに今は、その黒髪が膨れ上がるほどに激昂する様子だった。

景久と発端となった剣士は思わず顔を見合わせる。

『どうしてそうやって、無暗に生き死にのことをなさろうとするのですか。鳥野辺様とのことだけでも、私は身が細る思いでした。なのにどうして、藤野様はそれをまだ続けようとするのですか』

『いや、それは』

藤野と呼ばれた男は、まっすぐに見据えられてたじろいだ。

『藤野様、ご家族は？』

『郷里に父と母が。加えて兄ひとりと弟どもがおります』

続けて詰め寄られ、彼は口を滑らせる。完全に気圧されていた。

『では貴方にもしもがあれば、少なくともそこに私を加えた数の人間が悲しみます。身体髪膚、あえて毀傷せざるが孝の始めですよ』

『しかし某は、彼らとはもう絶縁……』

『それでも。藤野様がお帰りになれば、きっと安堵の顔をされるでしょう。子が思うよりずっと、親の愛は深いです』

それは父に大事に育まれた、りんだからこそ言える言葉だったろう。けれど一面からの押しつけめいた声は藤野の心を深く刺し、いい加減な反駁を許さない。

『加えて申しました通り、私だって嘆きます。私には母がおりません。だから死別の意味をよく心得ています。それはもう会えないということです。どれだけ呼んでも届かない。何も返してくれない。とても寂しいことです。できたばかりの御縁ですけれど、私は藤野様が容易く彼岸へ旅立たれるを望みません。他の方々も、同じことです』

じろり、と。

りんは有無を言わせぬ視線で剣士たちを睨め回した。

『それなのになぜ、貴方方はそうやって命を投げ捨てようとするのですか。鳥野辺様の御仕込みですか。剣は、相手を必要とするものでしょう。だのになんで同好の士を減らそうとするのです。真剣勝負の相手だからと、碁敵を斬る人などありません』

鳥野辺一党は、彼女の激情を見るのは初めてだったのだろう。首を竦めて、すっかりと大人しく耳を傾けている。

『剣のみが価値だの、剣でしか語れないだの、本当にいい加減にしてください。そんなもの、ただの怠けの言い訳です。もし仮に剣でのみ上手く語れるのだとしても。それならそれで、もっと場を整えて饒舌に語り合えるようにしてください。ちゃんとお互いの顔を見て、声を聞いて、聞かせて、関係を築いて。きちんと切磋琢磨してください。自分だけを押しつけないでください。わかりあう努力を惜しまないでください。剣でも同じでしょう。一方的に勢いで押し切ったって、なんの学びにもなりません』

言葉を切ってりんは荒らげた呼吸を整える。

剣士たちは、大人しく先を待つ様子だった。それを目にして、りんは思う。先だっては届かなかった言葉が、今なら届くのではないかと。

『私は心得のない女です。あなたたちがその気になれば、黙らせるのは容易でしょう。けれどそうされなかったではありませんか。先日から向かい合って私の言葉を聞いて、真摯に言葉を返してくださったではありませんか。どうして剣人同士だと、それができなくなるのです。大体人に迷惑をかけない、傷を負わせないなど、子供の遊びでも当然のことです。そんな振る舞いばかりしていたら、いずれ遊び相手がいなくなってしまいます』

だからより一層、震える声を張り上げた。そうして言うだけを言うと、りんは目に涙を溜めたまま少し俯く。

生涯を懸けた道を童の遊戯と同一視され、剣士たちは憤激してもよかった。が、不思議とそんな気は起きなかった。

余の者の舌なら響かぬ言葉であったが、りんの言いは彼らの耳と心を強く打っている。なぜなら攫われて以降のりんが、まさにそうであったと知るからだ。相手を見て話し、尊重し、その上で彼女は奇妙に居心地の良い雰囲気を築き上げていた。ゆえに剣才がないことを理由に彼女を見下す者は、この場に一人もない。

『おりん殿の申された通りだ。この理屈がわかるなら、いつでも秋月に来るといい。竹刀稽古ならばいくらでも受けて立とう』

　のそりと立った景久が、りんの髪を優しく撫でた。それから一同に向き直り、告げる。

『そもそも貴殿らとて、おぎゃあと生まれたその日から今の力量を備えていたわけではあるまい。強い弱いに頓着するも結構だが、そうしたことを忘れてはならんとオレは思う。鳥野辺殿も、それでよいかね？』

　景久の言いに、一同の視線が林右衛門へ向く。いつしか意識を回復していた彼は、戸板の上にむっくりと起き、既に胡坐をかいていた。

『娘御の声は実によく通る。まったく、目が醒めた』

　どこか拗ねた調子の、しかし確かな承知を含む返答だった。聞いた景久は頷いたが、しかしりんは不満顔をする。

『いまだ御記憶いただけませんか、鳥野辺様。娘御ではありません。私は向野屋のりんと申します。まあ人を人とも思わないから、このような振る舞いができるのでしょうけれど。今回のことは、他流試合を望めば簡単に叶うことでした。人や世との繋がりを億劫がって疎かにするから、こんな当たり前の思案も出ないのです。以後御気をつけくださいましね、鳥野辺様』

　当てつけのように繰り返された呼び名に、林右衛門は気まずく顎を掻いた。

今回のことで最も迷惑を被ったはこの娘である。ならばまあ言われても仕方なかろう。そう思い、大人しく痛罵を受けることとする。娘が言い終えたのちに、『相承った』と叱られた子供のごとく応じれば、よろしいとばかりに彼女が笑む。

『……ふむ。美しいな』

つい零すと、むっとなった景久がその視線を遮った。林右衛門が苦笑して手を振り、これで空気がやわらいだものへと変じる。

ひとつ息を入れた林右衛門の前に申し合わせたように剣士たちが集い、一斉に片膝を突いた。

『林右衛門様。あなたは我らを、同じ舟に乗り合わせただけの隣人と仰いました。我らも、それでよいと考えておりました』

『ですが今は、それを改めたく存じます。ついては、師とお呼びすることをお許しいただきたい』

『俺は――』

これまでにない戸惑いから、林右衛門が呟く。恥じるように。悔いるように。嘆じるように。

『俺は、お前たちの顔を知らんぞ。顔も、名もだ』

『存じております』

『それに、弱くもなった。それでもか』

いくつもの顔が、一斉に首肯した。

『馬鹿どもめ』

じっと目を凝らせば、どれもこれも、初めて見る顔である。

どうしてか、目尻が熱くなった。

己が目に映る幻像が相互理解を阻む枷となっていたことを、確かな懲罰（ちょうばつ）として機能していたことを、この男はようやく実感している。

『それでは私たちは、これで失礼いたします。鳥野辺様は必ずお医者様にかかってください。それから炊事、掃除は当番を決めて手を抜かぬように、欠かさぬように。よろしいですね？』

漂う雰囲気をあえて無視して、そこへりんがぴしゃりと言いつけをした。打って変わって、まるで棘（とげ）のない声音である。

それへ、『委細承知！』との唱和が返り、景久はううむと顎を撫でた。

自分の助けなどなくとも、事に依るとりんは独力で無事の帰還を果たしたのではあるまいか。そんな馬鹿げた発想が首をもたげる。が、景久は頭（かぶり）を振って、愚かな感慨を打ち消した。

見やれば隣のりんの肩が、安堵に小さく震えていたからだ。駆けつけてよかったと、心から思う。

『お待ちください、戸板、戸板を用意いたします』

『佐々木殿も傷を負われていらっしゃる。我らが運びますゆえ――』

気を利かせたつもりの呼び止めだったが、景久は手を振って林流剣士らを制した。

『戸板はごめんだ。それに、走った方が早い』

傷は充分に縛ってある。多少駆けたところで問題なかろうと、景久は大雑把な判断を下す。

そして口を挟む暇を与えず、腕一本でりんを胸へ抱き上げた。

『え、ちょ、ささ……っ!』

悲鳴のような、羞恥のような娘の声が、たちまち遠ざかっていく。

林右衛門は呵々大笑でそれを見送り、やがて景久の背が見えなくなる頃、黙って深く頭を垂れた……

＊

全てではなくおおよそを彦三郎に語り、まぶたを開いた景久は、つい我が腕を撫でた。そこに温度が、感触がまだ残る気がする。

「ほう?」

目ざとく察した彦三郎がからかい声を発するが、ふんと息を吐いて景久は取り合わない。

「先生の報せによれば、奴らはそのうち諸国回りに発つそうだ。ならば秋月に出没するもそれまでのこと。今しばしの辛抱だろう」

もし自分が道場に顔を出せば、林流の面々にまとわりつかれるとはわかりきっている。景久の声に、いささか迷惑げな調子があるのはそのためだった。

林右衛門が、その廻国修行に景久を伴うべく外記をかき口説いていることを、無論景久は知らない。まさしく知らぬが仏である。

「とまれまあ、仔細を聞いて俺は人心地がついた。だが蘇芳丸様にも、後日お前の口からお詫びを申し上げるのだぞ。大層案じ、また不安がっておられた。御自身が何か悪いことの契機となってしまったのではないか、とな」

ちくりと刺されて景久は、床に転げたままがりがりと頭を掻いた。

「まったくその通りだ。若君へも、きちんとお詫びに上がらねばな」

りんを抱えて向野屋へ走ったは、一刻も早く親元へ無事を報せようという親切心であった。あったのだが、血を浴びたふたりを見て向野屋庄次郎は大層驚いたものである。それでもすぐさま動揺から立ち直り、医者を呼んで、佐々木家と秋月道場へも人を走らせたのはさすがと言えよう。

景久の傍を離れたがらないりんを説諭して身を清めさせ、さらに経緯を聞き出したのも彼である。お陰で事の次第は、駆けつけた佐々木家の面々や外記へも円滑に伝わった。

だが清兵衛には黙って首を横に振られ、初名には泣きじゃくられ、挙句は外記に、『しばらくおまえの面は拝みたかねェな』と言い放たれて、心の機微に疎い景久も我が軽挙妄動を猛省したものである。同時に、自分は本当に大切にしてもらっているのだと改めて実感する一幕だった。

若君とて案じてくれたひとりであるのだから、心遣いを返していかねばと思う。詫びと礼は、きちんと口に出してこそなのだ。言わなくても伝わるは甘えでしかない。

だがあの方に酒はまだ早かろう。となれば。

「蘇芳丸様は、甘味をお喜びになるであろうか」

「何を言っているのだ、お前は」

呆れ顔の彦三郎に額を爪弾きされ、景久は唸りつつも思案顔になる。

言葉が、一旦そこで途切れた。

彦三郎が、ふっと庭の梅を見上げる。その目線を追い、景久もまた枝とその向こうの空を眺める。余人ならばさておき、彦三郎相手なら沈黙も気まずいものではない。

ゆったりとした心地で好日の青に目を遊ばせていると、やがて彦三郎が「なあ、景」と呼ばわった。

　おそらくは林右衛門に話題を転じる前、微笑とともに見せた妙な歯切れの悪さについてだろう。あまりよい予感がせず、心中でだけ身構えた。

「どうした、彦」

　努めていつものような、何気ない風情で応じる。

「お前に告げねばならぬことが、ふたつほどある」

「ふむ」

「まずひとつだが――俺は、父を放逐したよ」

　景久の見舞いを後回しせねばならなかった理由。彦三郎が抱えた身内のこととは、これであった。

「……思い切ったな、それは」

「ああ。血のつながりがあり、情もあった。だが、致し方ない。あのお人は自分の形から逃れられぬ様子だった」

　回復の兆しを見せた新之丞は、たちまち常の傲慢と癇癖を披露しはじめた。

　ついには井上を皮切りに、池尾を後藤に売った家を悉く誅戮するなどと喚き出したのである。人生の絶頂期に重ねた成功体験の味を、彼は忘れられなかったのだろう。事を起こさんと一族を呼び集めようとまでしたので、彦三郎は池尾の現当主が何者かを知らしめざるを得なかった。

無論放逐と言っても、老父を着の身着のままに追い出したわけではない。彦三郎が新之丞を押し込めた先こそ鷲尾山である。政治の中央から離れはするが、余計を目論見さえしなければ、藩の経済に貢献する自尊を抱き、悠々自適に以後の生涯を終えられる地位である。

さらにこの処置は、池尾の内紛と気づかれがたいという利点もあった。世間のおおよそはこれを、井上一派を放逐し、すかさず藩の富の出どころを牛耳らんとする狡猾（こうかつ）としてだけ見るだろう。

そして放逐に際し、彦三郎は集まった血縁たちに問うている。父に付き従うを望む者はあるか、と。

言うまでもない選別であった。

彦三郎に頭を垂れるか。いまだ新之丞の麾下（きか）たるを選ぶか。旗幟（きし）を鮮明にせよという宣告である。そして大多数が、彦三郎に膝を屈した。

けれどなおも新之丞に忠義を、あるいは恩義を抱き、即座に鷲尾行きを名乗り出た者が数名あった。彦三郎は彼らへひとかたならぬ金品を贈り、父を頼むと言い含めている。書状を渡し、何事かあれば自分を頼るように、とも。父を慕い、付き従う者たちの姿は彦三郎にとっても救いであった。

　無論ながら、全てを知った新之丞は口角泡を飛ばして息子の裏切りを詰った。

『老い先を案じるならば。今少し人に慕われるよう振る舞うべきでしたね』

　それに対し、冷たく、美しく彦三郎は笑んでみせた。

『あまり激してはお体に障りますよ、父上』

　それが彼の、父への最後の言葉だった。

「……俺も」

「うん？」

「俺も、いつかは同じ轍を踏むやもしれん。人を人とも思わず、己の考えだけを正しいと信じ込む日が来るかもしれん。その折は、お前が諭してくれるか、景」

「無論のことさ」

　友なればこそその誤りを正すものとは、景久の変わらぬ思考である。

「だがもしそれすら俺が聞かぬなら、聞かぬ男に成り果てていたなら」

「それも、承知した」

　皆まで言わせず頷いた。内容を聞かぬ安請け合いではない。覚悟を察し、吟味してからの応えだった。彦三郎が安堵のように笑む。

「また、七歩の詩の話になるがな」

「うむ」

景久の切り出しに、彦三郎がゆったりと頷いた。

「あれはな、決してほんの七歩ででき上がった詩ではなかろうと思うのだ。稲穂の実りのようなものだ。長く懊悩し、苦慮し続けてきた時間の堆積が、そのひと刹那に言葉として奔ったものだろうと、そう思うのだよ」

それは鞘走る剣閃にも似ると、景久は考える。

剣にまつわる情熱や怨恨、悲喜交々が、のみならずこれまで歩んできた生の時間そのものが、渾身の一刀からは垣間見える。いわば人間のかたちの噴出だ。

「史書から知れるのは表面的な出来事のみだ。その行動がなされたかなどまるでわからん。ほんの一瞬で下された決断に見えても、それはずっと続いた流れの先頭であるやもしれんのだ。だからオレはな、彦。誰かの決断に、その人間が見出した価値に、わかった顔でとやかく言うべきではないと思うのだよ」

歴史上の決断の賢愚を、後世から取り沙汰するのはそれこそ愚かだ。

仮に同時代の人間に対してだとしても、腹の底を知るでもない相手の決断をあるいは賞賛し、あるいは嘲笑するも同様に愚挙だろう。その裏にどんな醜悪があるか、どんな崇高があるか、傍目に観測できはしない。

そも、幸福や理想の形など目に見えはしないのだ。だから自分の手で、その形を探り当てていくより他にない。

おそらく人間というものは、なんとかして見出したその形状を、自分自身の輪郭を、どうにか愛していく他ないのだろう。

「お前の決断も同じだと、オレは思う。仮に冷酷に見えたとしても、そこには熟考といつもの慈しみがあるとオレは勝手に決め込んでいる。だから、なんと言うかな。いつだって、ここへ来い。そうしてお前の詩を吐け。そうすればオレは、いつまでもお前の味方でいよう」

訥々と言葉を重ねてから、景久はごろりと寝返りを打った。

「駄目だな。オレは上手く舌を回せん。少しなりとも届けばよいのだが」

「届いたさ。十二分に」

「なら、いい。オレの柄ではないから、これ以上は言わん」

わずかに含羞したような友へ、彦三郎はふふんと笑う。

「なあ、景」

「なんだね、彦」

「一杯くらい、よいのではないか？」

しばらく逡巡していた景久だったが、すぐ誘惑に負けてのっそりと半身を起こした。胡座をかいたその前へ、彦三郎は満たした自分の酒杯を差し出す。

待ちかねたように景久が、ちびりとそれを口に含んだ。

「お前の言葉で、もうひとつにも踏ん切りがついた。聞いてくれるか」

「改まってどうした」

「俺はある人を娶りたい。今度のことで思い知ったのだ。俺にはあの人が必要だ。いつまでも俺の傍にいてもらいたい」

「おお」

思いがけぬ発言に、動揺した景久がやや仰け反る。目を白黒させてから一口ぶんの酒を含んで飲み下し、わずかな平静を取り戻してから訊ねた。

「それで、その人とはどこの誰だ」

「血の巡りの悪いことだ」

眉根を寄せて言うと、彦三郎は友人が再度酒を呷るのを待つ。兄の様子を見に来たろう初名の、軽い足音が折よく聞こえた。

「俺にはお前を兄と呼ぶ用意があると、そう申しているのだよ」

期待通り景久が咽せ込んだので、彦三郎はしてやったりと晴れやかに笑った。

世に背を向けて生きてきた侍は、

今、友を救うため、無双の秘剣を抜き放つ!

北陸の小藩・御辻藩の藩士、佐々木景久。人並外れた力を持つ彼は、自分が人に害をなすことを恐れるあまり、世に背を向けて生きていた。だが、あるとき竹馬の友、池尾彦三郎が窮地に陥る。そのとき、景久は己の生きざまを捨て、友を救うべく立ち上がった――

◎定価:737円(10%税込み)　◎ISBN978-4-434-31005-8　◎Illustration:はぎのたえこ

鵜狩三善
うかりみつよし
居残り方治、憂き世笛
いのこりほうじうきよぶえ
笛は笛でも楽に非ず、
必殺の剣なり。
とある藩の遊郭、篠田屋には遊興費を払えずに居残りとして住み込み働きをする浪人がいる。その男、方治は来歴不明ながら笛の巧みさや腕が立つことを買われ、見世の名物となっていた。そんな彼はある日、他藩の武士に追われている男装の少女を救う。彼女――菖蒲は藩を裏で牛耳る大悪党を打倒しようとする一族の娘で、篠田屋の楼主を頼ろうとしていたのだった。楼主から娘を任された方治は、彼女を狙う外道達と死闘を繰り広げることとなり――
◎定価：737円（10%税込）
◎ISBN978-4-434-25732-2
◎illustration：永井

居残り方治、鵺月夜
いのこりほうじぬえづくよ
鵜狩三善
うかりみつよし
鵺の啼く夜、必殺の白刃が煌めく
とある藩の遊郭、篠田屋に遊興費を払えぬ居残りとして住み込みをする浪人、方治。
しかし彼の実態は、楼主の求めに応じ暗躍する剣客でもあった。そんな彼はある日、仔細あって他藩で起きた猟奇的な事件の調査を助太刀することに。そこで方治は、忍の技を用いる奇妙な男と対峙する。
だが、この一件はただのきっかけに過ぎなかった。方治と篠田屋は、この後、藩政を狙う謎の忍軍と激突し——
◎定価：本体737円（10%税込）
◎ISBN978-4-434-27625-5
◎illustration：永井

本所・松坂町に暮らし、三味線の師匠として活計を立てている岡安久弥。大名家の庶子として生まれ、市井に身をひそめ孤独に生きてきた彼に、ある転機が訪れる。文政の大火の最中、幼子を拾ったのだ。名を持たず、居場所をなくした迷い子との出会いは、久弥の暮らしをすっかり変えていく。思いがけず穏やかで幸せな日々を過ごす久弥だったが、生家に政変が生じ、後嗣争いの渦へと巻き込まれていき——

◎定価：869円（10%税込）　◎ISBN978-4-434-33759-8　◎illustration：立原圭子

この作品に対する皆様のご意見・ご感想をお待ちしております。

おハガキ・お手紙は以下の宛先にお送りください。

【宛先】

〒150-6019 東京都渋谷区恵比寿4-20-3 恵比寿ｶﾞｰﾃﾞﾝﾌﾟﾚｲｽﾀﾜｰ 19F
（株）アルファポリス　書籍感想係

メールフォームでのご意見・ご感想は右のＱＲコードから、
あるいは以下のワードで検索をかけてください。

ご感想はこちらから

アルファポリス文庫

剣閃奔る（けんせんはしる）　なまけ侍（ざむらい） 佐々木景久（ささきかげひさ）

鵜狩三善（うかりみつよし）

2024年 6月 5日初版発行

編集－加藤純・宮坂剛
編集長－太田鉄平
発行者－梶本雄介
発行所－株式会社アルファポリス
〒150-6019 東京都渋谷区恵比寿4-20-3恵比寿ｶﾞｰﾃﾞﾝﾌﾟﾚｲｽﾀﾜｰ19F
TEL 03-6277-1601（営業） 03-6277-1602（編集）
URL https://www.alphapolis.co.jp/
発売元－株式会社星雲社（共同出版社・流通責任出版社）
〒112-0005 東京都文京区水道1-3-30
TEL 03-3868-3275
装丁イラスト－はぎのたえこ
装丁デザイン－AFTERGLOW
印刷－中央精版印刷株式会社

価格はカバーに表示されてあります。

落丁乱丁の場合はアルファポリスまでご連絡ください。

送料は小社負担でお取り替えします。


ISBN978-4-434-33758-1 C0193